中国文学名家散文精选丛书

煮一壶月光做酒

朱旭 著

江西高校出版社
JIANGXI UNIVERSITIES AND COLLEGES PRESS

南 昌

图书在版编目（CIP）数据

煮一壶月光做酒 / 朱旭著 . -- 南昌：江西高校出
版社，2025. 6. -- (中国文学名家散文精选丛书).
ISBN 978-7-5762-5623-9

Ⅰ . I267

中国国家版本馆 CIP 数据核字第 2024H4T897 号

责 任 编 辑　杨先凤
装 帧 设 计　夏梓郡

出 版 发 行　江西高校出版社
社　　　　址　江西省南昌市新建区工业二路 508 号
邮 政 编 码　330100
总 编 室 电 话　0791-88504319
销 售 电 话　0791-88505090
网　　　　址　www. juacp. com
印　　　　刷　鸿鹄（唐山）印务有限公司
经　　　　销　全国新华书店
开　　　　本　650 mm×920 mm　1/16
印　　　　张　13
字　　　　数　160 千字
版　　　　次　2025 年 6 月第 1 版
印　　　　次　2025 年 6 月第 1 次印刷
书　　　　号　ISBN 978-7-5762-5623-9
定　　　　价　58.00 元

目 录
CONTENTS

第四辑
民风民俗

第一辑

浓浓亲情

一个让我敬畏的老头儿

严厉是爱，关心是爱，牵挂也是爱。如今，这个老头儿离开我们已三十多个年头了，但我还是非常怀念他。我想，他对我的爱已化为缕缕春风，钻进了我的心窝，会温暖我直到永远……

某一天，父亲建好了新房，打电话来要我回家帮他一起搬家。搬家可不是小事情，于是我放下手头的事情就往老家赶。

从老房子里往外搬什物时，一只木箱落入了我的眼帘。这木箱是用松木做成的，表层没有上漆，在它的侧面有一行粉笔字特别刺目——"朱连昌是个大坏蛋"。

这不是我的笔迹吗？屈指算来已有三十多个春秋了，按理说早该模糊不清了，如今看来却仍是那么清晰，真是个奇迹。睹物思人，此时此刻我的眼泪伴着愧疚和怀念簌簌地落了下来。

朱连昌是一个脾气暴躁的老头儿。当年，每当看不惯我们这些小辈做的事情时，他就会厉声呵斥，我们要是不服气跟他犟嘴，他还会扬起拳头打我们。每每看到他那凶巴巴的样子，曾经幼小的我就不由自主地充满了恐惧。说实话，在我的幼小心灵里，是不大喜欢这个老头儿的，有时甚至还有些恨他。

玩是孩子的天性。现在的孩子晚上大都猫在家里，或看看电视，或玩玩电脑。我们小时候那会儿，村子里连电都没通，自然谈不上这些娱乐活动。吃过晚饭，我们一帮孩子就会聚在一起，有时打打闹闹，有时做做游戏。玩的时间一长，这个老头儿在家就坐不住了，于是他拄上手杖，走出家门，蹒跚着，大喊着我的乳名，到处找我。那时候，我一听到他那烦人的吆喝声就头疼，心里想："不就是玩一会吗？叫唤什么！"我还想再玩一会儿，可又怕挨揍，只好乖乖地跟他回家。

在一个月明星稀的晚上，月亮就像一面大镜子，明晃晃地照着大地。我记得那是一个星期六，因为第二天不上学，就放开胆子玩了起来。正玩到兴头上，我们跑出了村子，到了村北的小岭上捉起了迷藏。这个老头儿走着，喊着，满村子找，但就是觅不到我。于是他开始急了，就挨家挨户地去问，却都说没见到我。他找了三个多小时，嗓子喊哑了，腿疼得都挪不动步了（他本身就有腿疾），却还不甘罢休。

我们在白花花的月光下我藏你找，我找你藏，玩得不亦乐乎！直到深夜，我们才恋恋不舍地离开。

当我走到家门口时，我看见这个老头儿正坐在一块石头上，喘着粗气，还不住地咳嗽。他一见我，那火爆的性子就表露无疑，他一边大骂，一边拿着手杖向我狠狠地砸来。我"嗷"的一声窜进院子，他仍不罢手，逮住我，拉到他的卧室，举起手杖朝着我的屁股雨点般地打个不停，疼得我"鬼哭狼嚎"。母亲听到动静便起来了，劝他说："别再打了。"他这才罢手。

那天晚上，我趴在床上，屁股像着了火般火辣辣地疼，哪里还睡得着？那时我就暗暗地发狠："等我长大了，我一定要报仇！"

就在第二天，我看见这个老头儿的卧室里有只木箱了，于是我摸了摸疼痛的屁股，就找来一支粉笔，在上面使尽全力写下了那行字。

在这个老头儿生前，姑姑过个把月就会来我家探望他，手里常常拎些饼干或糖果之类的东西。这些东西放在现在也许算不了什么，但在那个物质匮乏的年代，可算是奢侈品了。

老头儿却舍不得吃，都留给我们兄妹几个慢慢享用了，不过每次每人只给一片饼干或一块水果糖。我每次都会放在嘴里细细地品着、尝着，那滋味真是甜透心了！

吃完后，我又用舌头舔净沾在手上的屑末儿，最后还把手指放在嘴里吮了又吮。我当然还想吃，于是忍不住向这个老头儿讨要，却见他两眼一瞪，那眼神像两把尖刀直剜我心，吓得我不敢再吱声，只得悻悻而去，心里却在嘀咕："这个破老头子，真是个小气鬼。"不过后来想想，这样更好，我们好几天都能享受这美味，可见他的高明之处和良苦用心。

在昏暗的煤油灯光下，这个老头儿最爱守着我，看着我做功课了，虽然他目不识丁。每每此时，他的眼睛都会眯成一条缝儿，面带着微笑，嘴里衔着一根长烟袋不停地吧嗒着，一副悠然自得的样子。有时，他会向我要一张用过的废纸，卷个"大喇叭筒子"来抽。夏天来了，晚上蚊子叮人特别厉害，他就会燃上用栗花辫成的长辫子，一会儿就会散发出醉人的幽香，也能熏跑这些嗡嗡乱飞的蚊子。房间里非常闷热，我的额上冒出了细密的汗珠，这个时候他就会持着蒲扇呼呼地为我扇。阵阵凉风袭来，我烦躁的心情渐渐平静下来，终于能专心致志地做作业了。冬天到了，简陋的房子如同冰窟，冻得我的手脚就像猫咬似的，这时他就会把木柴放进火盆里燃起火，让房子温暖如春，我的学习劲头便更足了。

光阴荏苒，我不知不觉就上初中了，我在县城的一所中学就读，离家二十多里路，所以得住校。那时，没有自行车骑，也不通客车，周六下午上完两节课后，我就步行回家。一到这个时候，老头儿就会挂上手杖，一瘸一拐地朝村北走上一里多路，坐在路旁的一块大石头上，叼着烟袋，静静地等着我归来。

老头儿这一坐往往就是两三个小时，无论是刮风下雨，还是严寒酷暑。只要远远看到我回来了，他就会"嘿嘿"地笑起来，满脸的皱纹蹙成了一朵花。

有一年，降了一场大雪，天寒地冻，路面变得十分滑，老头儿不听家人的劝阻，仍旧来到老地方等我。因为路况不好，我也走得挺慢，见到他时，他已冻得瑟瑟发抖。他说他在这里已呆了四个多小时了，我闻言激动得热泪盈眶，哽咽着说："天这么冷，路这么滑，您出来干啥？"

老头儿哆哆嗦嗦地说："我是一块贱骨头，见不到你，我放心不下啊！"

一回到家里，他就感冒了，后来还发起了高烧，打了几天吊瓶才好。

随着年龄增长，这个老头儿的身体状况也越来越差了。在一次他摔倒后，躺在床上便再也没能站起来。

快高考了，我投入了紧张的备考之中，一个多月没能回家。高考一结束，我就急匆匆地往家里赶。刚走到门口，便看见两扇大门上赫然贴着白纸，我的心里立马咯噔一下，脑子里一片空白，难道他……

原来，这个老头儿已走了好几天了。

高考前，老头儿似乎感到自己的生命快走到尽头了，就很想见我一面。于是父亲决定去学校喊我回来一趟，但他坚决不同意，说他盼着我能考上大学，现在眼看要高考了，不能让我分心。我听父亲讲，在他弥留之际，喊着的仍然是我的名字。

我发疯似的跑到墓地，在老头儿的坟前长跪不起。

严厉是爱，关心是爱，牵挂也是爱，如今，这个老头儿离开我们已三十多个年头了，我还是非常怀念他。我想，他对我的爱已化为缕缕春风，钻进了我的心窝，会温暖到永远……

现在不用说你也能猜到了，这个老头儿就是我的爷爷。

（发表于 2013 年 6 月 16 日的《齐鲁晚报》，原标题《爷爷在我高考前离世》）

外婆意味深长地说："这口碗已陪伴我大半辈子了，看到它，就想到了我，实在难以割舍啊！碗的作用就是盛饭，不管是孬是好，能用就行。吃饭时，要在意的是碗里的东西，而不是碗。"

在我小的时候，正处在一个物质比较匮乏的时期。那时，母亲经常去外婆家，每每这个时候我是甘做小尾巴的，因为在那里能吃上一顿比较丰盛的饭菜。我们一踏进院子，外婆便会迈着颤悠悠的小脚，满脸笑容地出门迎接。走进简朴的堂屋，投入眼帘的便是紧靠西墙的一张木桌子，表层的漆早已脱落，却被擦得一尘不染。桌子的上面，摆着一摞粗瓷大碗，很是显眼。

开饭了，外婆往往用其中一个粗瓷大碗给我盛上平时很难吃到的水饺、面条之类的好东西。外婆常常夹些炒好的肉、鱼、鸡蛋等放到我碗里，这让我喜不自禁。但外婆一向十分节俭，平常碗里盛的是糊涂、渣豆腐，有时还有野菜汤、槐花粥、榆钱饭等。

改革开放的春风吹遍了长城内外、大江南北，人们的生活水平逐年提高。再到外婆家时，木桌子已不见踪影，取而代之的是崭新锃亮的大理石茶几。桌上放上了一摞滑润细致、小巧美观的细瓷碗，不过最底层还压着一口粗瓷大碗，显得十分扎眼。于是我对她说："外婆，您还留这口粗瓷大碗干啥？难看死了！"外婆说："依我的看法，这桌子和碗一律不用换，但你舅们、姨们死活不同意，所以我还是坚持留下一个旧碗自己用。我这么大把年纪了，什么事情没经过，吃过树叶，啃过树皮，现在生活虽然好了，但是不能忘本啊！你看，我脸上的皱纹越来越多了，背也越来越驼了，是不是也像这口碗，越来越难看了？"

过了些年，我又到外婆家，那口粗瓷大碗依然还在，但它的边缘却磕掉了一块瓷，出现了一个小豁口，显得它更为丑陋了。我说："外婆，这个老古董确实该退役了。"外婆却意味深长地说："这口碗已陪伴我大半辈子了，看到它，就想到了我，实在难以割舍啊！碗的作用就是盛饭，不管是孬是好，能用就行。吃饭时，要在意的是碗里的东西，而不是碗。"

外婆的一生多像这口粗瓷大碗，简简单单、从从容容、坦坦荡荡，她从不挑剔，也敢于担当。

（发表于 2016 年 9 月 29 日的《皖南晨刊》）

平凡中见伟大

　　母亲只是千千万万个母亲中的一员，她的事迹也许并不轰轰烈烈，但有些也是常人难以做到的。母亲的一生是平凡的，但平凡中又透着伟大。我因为有这样一位平凡而又伟大的母亲而感到无比的骄傲和自豪。

　　母亲只是一位普普通通的农村妇女，她离开我们已经有 20 多个年头了，但她在平凡生活中表现出的伟大的人格魅力，却一直深深的影响着我、感动着我。

　　母亲生活得十分简朴。她穿得衣服都是补丁摞补丁，但却永远洗得很干净。记得我刚参加工作领到第一个月的工资后，第一件事就是给她买了一件像样的衣服，那时她还嗔怪我："我有衣服穿，你工资又不高，浪费什么？"那以后也从没见她穿过这件衣服。我们在整理她的遗物时，才发现这件衣服被她叠得整整齐齐，还崭新地躺在衣柜里。看到这，我的鼻子酸酸的，眼泪也簌簌地往下落，心里好像打翻了五味瓶，什么滋味都有。母亲啊，你是不是对自己太刻薄了！

母亲对爷爷的孝心在村子里是有目共睹。在那缺衣少食的年代，鸡蛋在农村算得上是最好的营养品了。每天早上，母亲总是第一个起床，先烧开热水，打一只鸡蛋放在碗里，倒入开水冲成蛋花，然后端到爷爷床前，让他趁热喝下，而我们小孩一般是不敢奢望的。爷爷脾气比较暴躁，有时会向母亲发无名火，但母亲从不反驳。村里的人见到爷爷也经常说："不知你哪辈子修来的福，讨来了这么好的儿媳妇。"说得爷爷哈哈大笑。爷爷晚年得了偏瘫，吃喝拉撒全在床上。每日三餐，母亲都要做好可口的饭菜送到床前，再一匙一匙地喂给爷爷吃。母亲还得照顾爷爷的日常起居，但她从没有一句怨言。母亲经常给爷爷翻身，照顾病床上的爷爷8年多，爷爷从没生过褥疮，这简直就是一个奇迹。临终前，爷爷拉着母亲的手深情地说："真是让你受苦了，如果有来生，还得让你做我的儿媳。"一位大婶曾对我说："你娘真是太好了，你爷爷真是太有福了，就是亲闺女也没有照顾这么好的。"

母亲目不识丁，不善言辞，但却用实际行动教育着我们、感染着我们。她对我们要求十分严格，从不让我们沾上半点恶习。我们与别人起了冲突，即使我们占理，但她也决不袒护我们。记得有一次，邻居小军到我家玩，我就把平时收藏的连环画拿出来给他看。当时，我正被连环画里引人入胜的情节吸引，全然不知小军是什么时候走的。猛然发现《两个小八路》和《鸡毛信》这两本连环画不见了。这些连环画可是我的宝贝，尤其这两本更是我的心头好，常常让我爱不释手。我想一定是小军拿去了，于是撒腿就往小军家里跑。"小军，你拿我的连环画了吗？""没有。""当时就你在场，不是你是谁。"我们吵了起来。小军的妈妈过来了说："俺小军可老实了，他不会拿的。""就是他拿的。""柱子你不要无理取闹。"说完，小军的妈妈狠狠地给了我一计耳光，我哇哇大哭起来。母亲听到哭声，于是从家里赶来了，问我："柱子，你哭什么？""小军拿了我的连环画。"小军妈妈连忙抢过话头："俺小军可不是那种人，柱子是诬陷好人。"我当时真是气愤极了，正要上前理论，母亲一边拽住我，一边对小军的妈妈说："他嫂子，你别见怪，孩子小不懂事，他不知道忘哪里去了，我回家给他找找。"就这样，母亲把我拉回家中。我把事情原委告诉了她，说完我又要到小军家要连环画，母亲却对我说："人要脸，树要皮，给他们一个面子吧。"我说："不行，他们太不讲理了。"母亲生气地说："我管不着人家不讲理，但我决不允许你们不讲理。再说，连环画值几个钱，邻里关系重要，不要因小失大。"

母亲非常乐于助人。我们家对门的邻居是我近房的大奶奶，她老伴走得早，大儿子早年夭折，二儿子（我管他叫二伯）在东北工作，她成了"孤家寡人"。因她缠过足，行动极为不便，所以母亲天天去给她打水，无论刮风下雨，从不间断。母亲身体一直都不太好，只见她吃力地从深井中提出两桶水，用那羸弱的肩膀挑起，再缓缓地走进厨房。母亲也经常到她家串串门，陪她啦啦呱，逗她开心。二伯从东北回来后，也直道我母亲的好，他曾对我说："你娘是我们朱家的功臣，村里媳妇的楷模，她走得真可惜啊！"

母亲从小就体弱多病，从我记事起就经常见她吃药打针，但那时大部分的家务活和相当多的农活都是她做的。后来，她又得了心脏病，我们四处求医问药，并在临沂市人民医院做了手术，但病情并未好转。母亲对我们说："我已经快不行了，你们就别浪费时间和钱财了，让我走吧。"我们安慰着她："您的病一定能治好。"我们见母亲有轻生的念头，一些绳索和农药也不敢在家中留存。一天，我突然接到家里的电话，说母亲病危，让我速回。我风风火火地赶到家中，但母亲却已永远闭上了眼睛，我嚎啕大哭。她是偷偷地喝了一瓶敌敌畏才走的，这瓶敌敌畏是母亲从哪里弄来的至今还是一个谜，但这成了我一生的痛。听父亲讲，在母亲病重期间，村里的各家各户都来看望母亲，在村里，这是从没有过的，可见她赢得了全村人的尊重。

母亲只是千千万万个母亲中的一员，她的事迹也许并不轰轰烈烈，但有些也是常人难以做到的。母亲的一生是平凡的，但平凡中又透着伟大。我因为有这样一位平凡而又伟大的母亲而感到无比的骄傲和自豪。

（发表于《当代小说》2009 年第 7 期）

母亲是一所最好的学校

我的母亲只是一位普通的农家妇女，当然不会用高深的道理来教育孩子，只能用朴实的言行来影响孩子。本人以为，这种朴素的教育或许是一种最好的教育，因母亲就是一所最好的学校。

母亲不仅生养了我，更重要的是她教会了我如何做人，是我人生道路上的引路人，对我世界观、人生观和价值观的形成和发展起到至关重要的作用。

母亲虽然没进过一天学堂，斗大的字不认一个，但是特别关心我的学习，竭尽所能地为我提供好的学习条件。她曾说过："我是个睁眼瞎，由此吃过不少苦头，你们一定要好好学习，不要走我的老路。"

在那个物质匮乏的年代，我在晚上做作业时，母亲常常把煤油灯芯用针挑高，为的是让灯光更亮。而当她自己在灯下做活时，母亲往往把灯芯尽量压低，为的是节省煤油。为了让我安心学习，每当酷夏来临，母亲经常摇着一把蒲扇，为我驱赶蚊子和炎热，而当寒冬来临，母亲就会在我身旁生起火盆，为我抵御寒冷。

母亲尽管不识字，但是爱检查我的作业。每当看到我的作业本上打满对号时，母亲就会眉开眼笑；当看到作业上有叉号时，母亲就会板起脸，问我为什么错了。当我说是因为粗心时，母亲就说："做作业时一定要细心细心再细心，不能有半点马虎，会做的题一定不能出错。做事也是这样，养成良好的习惯会一辈子受益。"当我说没弄明白时，她就会说："上课时一定要专心听讲，不能开小差，弄不明白的问题一定要向老师或同学请教，直到弄明白为止。"

第一次高考后，我名落孙山，当时我情绪十分低落，整天闷在家里。母亲问我有什么打算时，我只是捂着耳朵不耐烦地冲她吼道："我心里烦透了，不知道！"当时家里正养着一百多只鹅，母亲于是说："你整天憋在屋里也不是办法，那你就去放鹅吧。"

我天天赶着鹅们到野外去放。炎炎夏日、骄阳似火，我的肌肤灼得红肿起来，火辣辣地疼，特别是到了晚上，更是疼得钻心，每每躺在床上，辗转反侧，难以入睡。没过几天，身上就脱下了一层皮，白皙的皮肤也变得黝黑起来。那时我才深深地体会到了劳动的艰辛，悔不该当初感情用事，把母亲说的话当做耳旁风，有两门功课在平时没下功夫，致使这两门课在高考中扯了后腿，也导致我最终落榜。

开学的日子一天天迫近，我想复读，可家中的窘况又让我难以启齿。爷爷去世才几个月，母亲的身体一直不好，家里已欠下一屁股外债，可复读还得向学校交纳一笔费用。有一次，我终于鼓起勇气讪讪对母亲说："娘，我想复读，可家里没钱，怕您不答应。"没想到母亲竟痛快地说："只要你想上，我就是砸锅卖铁也要供。至于复读费，你不用担心，我会想办法的。"

接过母亲东拼西凑的复读费，我又踏进学校，开始了紧张而又忙碌的"高四"生活。我非常珍惜来之不易的机会，学习也更加刻苦努力，恶补自己的薄弱科目，终于在一年后考上了大学。

我的母亲只是一位普通的农家妇女，当然不会用高深的道理来教育孩子，只能用朴实的言行来影响孩子。本人以为，这种朴素的教育或许是一种最好的教育，因母亲就是一所最好的学校。

（发表于 2017 年 5 月 15 日的《阳光报》）

多想再给妈妈一个吻

"树欲静而风不止，子欲养而亲不待。"母亲不到六十岁就让病魔夺去了生命，这成了我心生之痛。母亲如果您还健在该多好啊！咱家的债务早已还清，我还住上了宽敞明亮的楼房，如果您还健在就可含饴弄孙、颐养天年了，我还能再给您一个深深的吻哟！

"妈妈的吻，甜蜜的吻，让我思念到如今……"优美的旋律在我耳畔回荡，让我心潮澎湃，思绪飞扬……

在我很小的时候，总爱哭闹，这个时候母亲就会把我搂在怀里，一边用手掌不断轻拍着我的屁股，一边细声慢气地说："孩子，乖，别哭了，娘香香你。"说着，她就用嘴唇凑上我的面颊，"啧啧"地左亲右吻。说来也怪，我很快就停止了哭泣，甜甜地游入了梦乡。

母亲的身体一直欠佳，自我记事起就经常吃药打针，但几乎全部的家务活和都是由她做的。天空刚露出鱼肚白，她就起床了，下地干上一阵子活儿，再匆匆回家做饭。春播、夏管、秋收、冬藏，她事事都要躬亲。母亲的生活十分简朴，穿的衣服往往是补丁盖着布丁。在孝敬老人和乐善好施方面，母亲堪称村里的楷模，也为我们树立了榜样。

母亲经常向我们传授做人的道理。她告诉我们："靠自己勤劳的双手得来的果实是最香甜的，你们做事绝不能投机取巧，占别人便宜。老老实实地做人，踏踏实实地做事，这是人之本分，你们一定要牢记在心。"母亲虽目不识丁，也不善言辞，却时刻用自己的实际行动教育着我们、感染着我们。她对我们要求十分严格，从不让我们沾上半点恶习。我们与别人起了冲突，即使我们占理，也决不袒护我们。她常对我们说："吃点小亏不要紧，和别人搞好关系是大事，不要因小失大。"

当我收到大学录取通知书时，我却高兴不起来，因那时爷爷刚刚病故，家中已债台高筑。我的心里直打鼓："上学需要一大笔费用，家人能同意吗？"母亲仿佛看透了我的心思，只听她坚强有力地回答："孩子，不用担心，家里就是砸锅卖铁也要供你上学。"接过母亲东挪西借而来的学费，我顺利地踏进了大学的校门。

在大学期间，我周末做家教，假期打短工，尽可能地减轻家里的负担。毕业参加工作后，我把大部分的工资交给母亲补贴家用。我也经常抽出时间回家看看，帮家里做些力所能及的事情。

屋漏偏逢连夜雨。母亲的身体状况越来越差，我就动员她到医院检查，但她怕花钱而老是不愿去，经过多次做工作，她才勉强答应。我带她去了县医院，查出了心脏病，不放心的我又带她去了市医院，大夫说必须立即做手术。

做手术需要一大笔钱，对我们来说简直就是天文数字，母亲更不愿意了。我斩钉截铁地说："娘，您就放宽心，我会想尽一切办法筹到钱的。"母亲说："如果借这么多钱怎么还，这不是给你们添罪吗？"我接着说："车到山前必有路，孩儿的身体都是娘给的，您就别操心了。"我开始为母亲的手术费而四处奔波，到处求亲戚告朋友，真是费尽了太多太多的周折。再加上家人的筹集，终于凑够了母亲的手术费。

要进手术室了，躺在担架上的母亲对我说："孩子，俺好怕。"我俯下身子，把嘴贴到她的额头，深情地吻了吻，鼓励她说："您是世界上最勇敢的母亲，阎王爷都怕您，一切都会好起来的，我在门外等着您的好消息。"母亲深情地望着我，使劲点了点头，晶莹的泪珠从眼角滚落下来。见此场景，我怕控制不住自己的情绪，于是连忙背过身去。

在医院里，我成了一只连轴转的陀螺，一直忙个不停。缴款抓药、打水买饭、擦身洗脚……实在困极了，就趴在病床沿上打个盹儿。但是想到是为了母亲，我甘之如饴。

"树欲静而风不止，子欲养而亲不待。"母亲不到六十岁就让病魔夺去了生命，这成了我必生之痛。母亲，如果您还健在该多好啊！咱家的债务早已还清，我还住上了宽敞明亮的楼房，如果您还健在就可含饴弄孙、颐养天年了，我还能再给您一个深深的吻哟！

（发表于 2017 年 5 月 2 日的《衡水日报》）

我和母亲是同窗

自国家实行了九年义务教育以后，扫盲学校就渐渐退出历史舞台。不过，现在回想起我跟母亲一起上扫盲夜校的情景，一股暖流便会涌上心头，让我感到非常亲切与温馨。

在我小的时候，国家还处在困难时期，我们村还有很多成年人没有脱盲。那时，上级下达了扫盲任务，村里便决定把我家东面生产队的三间粉坊改成扫盲学校。

几个社员和了些泥巴，把旧墙壁重新泥一遍。他们在西山墙正中位置抹了一片白石灰，上面再刷些锅底灰作黑板，黑板前方垒个高石台当讲台，下面成排垒几十个石垛子，上面铺上光滑的石板当课桌。没有凳子也好办，上课时就让学生自带。

因为白天大人要下地劳动，所以上课大都在晚上进行。母亲目不识丁，自然也成了扫盲学校的一名学生。

吃过晚饭，母亲拿着扫盲课本、练习本、铅笔，拎上凳子就往外走。那时才四五岁的我看见了，连忙对她说："娘，我也要去学文化。"母亲说："学文化好啊！不过，在课堂上要认真听讲，不准调皮捣乱。"我说："好吧。"于是，我也带上练习本、铅笔、凳子，跟在母亲的后面，有模有样地上夜校去了。

来这里上课的大都是十七八岁以上的女性。解放以后，当地政府在各村陆续设立了学校，但是很多人还存在着重男轻女的封建思想，绝大多数女孩虽然到了入学的年龄，家里的大人却不让她们上学。一直到了二十世纪七十年代，这种状况才得到了根本改变。所以扫盲的对象主要是错过学习机会的女性。

我跟母亲来扫盲学校学习时，已是二十世纪七十年代末期，使用的扫盲教材是一本黄色封面的《农村扫盲识字课本》。课本的前半部分主要是思政方面的内容；后半部分的内容则有农作物、蔬菜、农具的名称等。

来授课的是一位中年男子，他是本村小学的民办教师，身材魁伟，鼻梁上架着一副近视眼镜，他是我的本家，我叫他大伯。他读课文时拖着长腔，学生们也会拖着长腔跟着念，显得特有趣。大伯看见有些学生不专心听讲了，往往会讲一段幽默的笑话，逗得大家前仰后合，精力一下子又集中了。

和我年龄差不多的孩子跟着大人来夜校凑热闹的有七八个，刚开始听课时都觉得新鲜，所以会认真听上一阵子，可刚坐热板凳，他们便陆续跑出去玩耍了。这些孩子当中只有我一个从始至终听得比较专心，习字也很认真。没多久，我就能把字写得像模像样了。回到家里，母亲有时碰到不认识的字还经常请教我呢。

有一次，大伯讲完课，便让大家读读写写，可我邻居的一个大姐却偷偷地纳起了鞋底。大伯看到后非常生气，就让她到黑板前默写生词，大伯读，她写。我还记得这些生词是："伟大""光荣""正确""领导""前进"，大姐只会写"大""正"俩字，还写得歪歪扭扭，其他不会写的字都画了圆圈。看到这种情况，大伯更是火冒三丈，于是把大姐纳的鞋底使劲扔出了门外。大伯问："谁再上来把这些生词写一遍？"随之一阵沉默。这时，我不知哪来的勇气，便自告奋勇地站起来，跑到上面，踮着脚，在黑板的最底部工工整整地写下了这些生词。下面顿时响起了热烈的掌声，"同学们"都说这孩子长大以后会很有出息。大伯笑着说："小二这么小，就能把这些生词写对，并且写得很板正，真不简单，将来一定是上大学的料，孩子都能学好，我们这些大人更应该把所学的知识掌握好。"听到这番表扬的话，我心里真是美极了！

后来，国家实行了九年义务教育，扫盲学校就渐渐退出历史舞台。不过，现在回想起我跟母亲一起上扫盲夜校的情景，一股暖流便会涌上心头，让我感到非常亲切与温馨。

（发表于 2013 年 4 月 9 日的《北京青年报》）

母亲的"心灵感应"

母亲说："你是俺身上掉下来的一块肉，你病了，俺就有了感应，你说奇怪吧，昨天晚上，俺躺在床上，做了一个梦，梦见你肚子疼，在床上翻打滚。俺想，你一定出事了，折腾得俺一夜没有合眼。"

我有段日子没回老家了。

我推开老家的大门，刚迈进院子，便听到"哐啷"一声，屋门也被打开了。我顿时呆住了，只见母亲拄着拐杖一瘸一拐地向前走来。

我连忙跑过去，急切地问道："妈，您这是怎么了？"

母亲答道："一个月前，俺爬坡去干活，不小心被石头绊倒了，你爹带俺到乡医院查看，医生说右腿摔成骨折了。受伤的部位被打了石膏，俺住了十几天就出院了。"

我嗔怪道："您都摔成这样了，怎么不告诉我呢？"

母亲笑着说："不就是骨折吗，没什么大不了的，俺在家里养一段时间就会好利索的，再说了，你们都挺忙的。"

闻言我的眼角湿润了，记忆的闸门也随之被打开。

三年前的一个晚上，我刚躺下没多久，肚子便疼起来。我翻身趴了一会儿，没成想越来越疼，最后疼得让我受不了，妻子忙穿衣起床，叫来一辆出租车，带着我风风火火地往医院赶。

经检查，我得了急性阑尾炎，需住院治疗。

第二天一早，病房门便被推开，探出一个脑袋，啊，那是母亲！我惊讶地问道："妈，您怎么来了？"

母亲说："你是俺身上掉下来的一块肉，你病了，俺就有了感应，你说奇怪吧？昨天晚上，俺躺在床上，做了一个梦，梦见你肚子疼，在床上翻打滚。俺想，你一定出事了，折腾得俺一夜没有合眼。天还没有放亮，俺就急急忙忙地步行赶来了。"

最近还发生了一件事。一天上午，我们五岁的儿子在外面玩耍后，满头大汗地跑回家，张口就嚷："妈妈，我渴死了。"妻子正在厨房做饭，刚要出来给他倒水喝，就听到"砰"的一声响，儿子接着就哇哇大哭起来。原来，儿子握着把儿向前去拉暖瓶，当脱离桌面时，由于暖瓶太沉，便从儿子的手中挣脱下来，一下子摔破在地。滚烫的开水泼在儿子的脚面上，顿时起了一片燎泡。妻子立马打了救护车，把儿子送到医院。妻子接着给我打来电话，我也随之赶到。

两个多小时后，母亲突然出现在我们面前，我对她说："妈，冬冬被烫伤，您难道也有心灵感应？"

母亲答道："那是当然，隔辈亲嘛！俺吃午饭，从暖瓶里倒水时，一不留神，开水从碗里溅出来，落到左手上，烫得俺连忙把手缩回来。当时俺心里咯噔一下，脑子里闪出一个可怕的念头，冬冬很顽皮，难道是被烫伤了？想到这儿俺饭也顾不上吃了，火急火燎地跑到大路，坐上车就赶来了。"

后来，我见到在医院上班的表妹，跟她聊起母亲有心灵感应的事情。

表妹毫不惊讶地说："世界上的确有这种人，但姑妈不是。"

我便好奇地问道："这到底是怎么回事？"

表妹卖起了关子："我得遵守约定，无可奉告。"

表妹不说我也明白了，原来母亲的"心灵感应"就是母亲对子孙的无限牵挂啊！

（发表于《情感读本》（青岛出版社）2015 年第 1 期）

永恒的笑容

照片上，母亲的笑容定格成永恒。看到母亲的照片，我常常被她那种艰苦朴素、乐观向上的精神所感染，心中就会迸发出一股奋发向上的力量。

日子过得真快，不知不觉的清明节又到了。"春雨杏花满清明，追思犹怨水烟轻。"在我的脑海里，我掬起一捧记忆的浪花，里面荡漾的满是母亲的音容笑貌，禁不住泪流纵横……

母亲离开我们已经十八个年头了，每当想念她的时候，我就会翻开自己的影集，仔细端详着她的照片。照片上的她，脸上布满了灿烂的笑容。轻抚着这张照片，我的眼眶里常常噙满泪水。

1986年的一天，村支书通过村广播下了通知，让村里十六周岁以上的人到大队部去照相，母亲虽然已经四十多岁了，但是这是她平生第一次去照相。临行前，母亲仔细地把脸洗一遍，又把头发认真地梳理一番，还从衣柜里找了件比较中意的衣服换上。其实母亲并没有一件像样的衣服，只是这一件比其它的稍好一点罢了。

大队部的院子里挤满了来照相的男男女女，母亲在人群中焦急的等待着。终于听到自己的名字，她赶忙从人群里挤出来，庄重地坐到板凳上，挺起胸，面带着笑容，摄像师按下了快门。

领到了照片后，母亲把它捧在手里，端详了又端详，喜形于色。

母亲把照片交给我说："儿子，快看，俺第一次照相就很上相哩！"

我看了后说："嗯，漂亮，妈妈看上去也年轻多了。"

后来，母亲就经常拿出这张照片来看，也多次向我提起这张照片。

我说："等我参加了工作，我要买部照相机，给您照好多好多照片。"

母亲说："不要多花那些冤枉钱，有这张照片俺就心满意足了。"

我参加工作以后，还没去买照相机，也没来得及领母亲到照相馆去拍几张照片，她就驾鹤西去了。我每每想到此，便心如针扎，懊悔极了！

其实，这只是一张普通的一寸黑白照片，还是母亲办身份证时拍的。每当想到这里，我鼻子总是酸酸的，心里像打翻了五味瓶。

照片上，母亲的笑容定格成永恒。看到母亲的照片，我常常被她那种艰苦朴素、乐观向上的精神所感染，心中就会迸发出一股奋发向上的力量。

（发表于 2017 年 7 月 28 日的《临沂日报》）

爷爷接过话茬说："这全都是你大嫂的功劳，如果没有她精心的照料，哪能有我今天的幸福？人家都说闺女是父母的小棉袄，俺看你大嫂比闺女还好，可以说是俺的小棉袄。"

不管身边有没有外人，母亲总喊我爷爷为"爷"（方言，父亲之意）。一般说来，在我们这里的儿媳一般称呼自己的公公为"孩子的爷爷"，大都不直接叫"爷"。所以不知情的外人见母亲这样喊爷爷，还以为母亲是爷爷的亲闺女呢！

天还没有大亮，母亲就起床了。她说是先把天井打扫干净，然后就开始生火做饭。把水烧开后，母亲便把一枚鸡蛋打到碗里，用筷子搅匀后倒上开水，冲成蛋花，端到爷爷的床前，让爷爷趁热喝下。在那个物质比较匮乏的年代，在农村，鸡蛋算是最好的营养品了，我们这些孩子是不敢奢望的。

爷爷的性格比较暴躁，时常向母亲发火。但母亲从不反驳，只是默默地。爷爷一直跟我们在一起生活，但我从没见母亲跟爷爷红过脸。爷爷对母亲发脾气，邻居有时都看不惯了，就对母亲说："现在是新社会，儿媳不向公公找茬儿就不错了，如果大叔再向你发火，你就跟他理论理论。"母亲回道："生就的骨头长就的肉，爷就是那脾性，不容易改的。爷向俺发几句牢骚，心中的郁闷情绪就可以排解出来，对他的健康有利。再说，他说上几句，俺也不少什么。"听到这里，邻居不禁对母亲的大度竖起了大拇指。

后来，我们的生活越来越好，爷爷整天穿着母亲洗得一尘不染的衣服，逛逛东、遛遛西，小曲不离口，心里就像吃了蜜似的，见了别人，直夸母亲的好。一次，爷爷正在大街上散步，一位大叔对爷爷说："大爷，我看你穿得整整齐齐、板板正正的样子，不知道的还以为您是一位退休工人，有几百块的退休金呢。"爷爷接过话茬说："这全都是你大嫂的功劳，如果没有她精心的照料，哪能有我今天的幸福？人家都说闺女是父母的小棉袄，俺看你大嫂比闺女还好，可以说是俺的小棉袄。"

天有不测风云，人有旦夕祸福。正当爷爷尽享天伦之乐的时候，一场灾难向他袭来。爷爷得了偏瘫，吃喝拉撒全在床上，而照顾爷爷的重担几乎全压在了母亲的身上，可她却从没有一句怨言。

一日三餐，母亲都要把做好的饭菜一匙一匙地喂到他嘴里，要经常给爷爷擦澡，还要给爷爷用蒲扇驱赶爷爷身边的蚊蝇。爷爷躺在床上八年多，身上却连一个褥疮都没生，这不能不说是一个奇迹。

临终前，爷爷拉着母亲的手，喃喃地说："真是让你受累了，谢谢你！如果有来生，俺还要让你做儿媳，到时候俺要好好报答你。"爷爷面带着幸福的微笑闭上了双眼。一位大娘曾对我说："你爷爷真是有福气，就是亲闺女也不见得伺候得这么好，你娘简直就是上苍赐给你爷爷的一个闺女。"

母亲送走了爷爷，而我们也接过了那一份理该绵延悠长的孝心。

（发表于 2016 年 3 月 29 日的《劳动午报》）

母爱如棉

医生带母亲去了病房，输给病人二百毫升的血，她拿着病人家属给的钱，去了服装店，给我买了一件面包服。

这几天，气温骤降。出门在外的人们还真不大适应，往往冻得瑟瑟发抖。一天中午，我正在家里吃饭，突然听到门铃响了。我打开门往外一瞧，只见母亲正站在门口，她佝偻着腰，额前的几根白发在风中浮动着，冻得她直搓手。在她的身旁，还放着一个鼓鼓囊囊的、蛇皮袋子。

我连忙让她进屋，给她倒了杯热水。我问道："妈妈，大老远的，您怎么来了？"母亲说："天冷了，我来给你送一条棉裤。"我嗔怪道说："我有保暖内衣、毛裤、绒裤，冻不着，不用你送。"她接着说："这棉裤，新表新里新棉花，出门时穿着压风，比那些东西管用。"我又说："您都快七十了，眼也花了，一针一线地缝制，得花费多少时间啊！"她继续说："没事，在家里闲着也是闲着。"我再说："大冷天的，那您也不用专门来送呀，我有空回去取就是了。"她便说："我知道，你们都忙，我也没大事，所以就给你送来了。"

想到自己已进入了不惑之年，老母亲却还要为我操心，我顿时热泪盈眶。我想在母亲的心目中，孩子再大也是孩子，她就自然为自己的孩子关心、操劳。

这时，在我的脑海里猛然跃出一件往事。那是一年的初冬，我在县城上高中，因为刚下过一场雨雪，气温一下子从零上七八度骤降到零下四五度，这让在学校里穿得很单薄的我毫无准备，冻得上嘴唇与下嘴唇直打架。

只记得在宿舍里，她从袋子里掏出一件棉袄说："儿子，快穿上，别冻感冒了。"我看到是母亲自己做的老式棉袄，上完课间操，我几个箭步就跑向教室。这时，我看见一个熟悉的身影正站在教室门口，是母亲来了。只见她满头大汗，裤管溅满了泥点，鞋上沾满了泥巴。我家离县城二十多里，那时还没有通客车，她也不会骑自行车，显然是步行而来的。我向舍长要来钥匙，她尾随着我来到宿舍。

旧式的棉袄在正值青春期的我看来很不体面，就气急败坏地说："你看同学们都穿着面包服，你让我穿着这老古董怎么面对同学？我不穿。"她安慰我说："好儿子，你先穿着，我这就给你买去。"当时的我虚荣心占了上风，于是冲她大声嚷道："不穿，就是不穿！"她有些灰心地说："好吧，我这就给你买去。"

下午三点多钟，她才来到学校，把一件崭新的面包服递给我，让我快穿上。我责怪她说："你怎么这么晚才回来呢？"她喃喃地说："噢，我有事来着。"这时我才发现她脸色苍白，冻得直打冷颤。

上完了大学，参加了工作后，我才知道了这件事的真相。

原来，母亲那天只拿了十元钱，还给了我。她出了校门，打听着来到烟酒公司，找到在这里工作的我近门的一个大哥。大哥惊讶地问道："大婶，您怎么来了？"母亲有些难为情地说："他大哥，我买东西钱不够了，你借点钱给我吧。"他面带难色地说："大婶，真不好意思，单位最近效益不好，我三个多月没拿到工资了，真没钱借给你，要不你再想想办法吧。"

她垂头丧气地走在大街上，走着走着，忽然看到一家医院在她的一再要求下，医生给她化验了血型。医生又带她去了病房，输给病人二百毫升的血。她拿着病人家属给的钱，去了服装店，给我买了一件面包服。

母亲给我送完棉衣，连午饭都没舍得吃，就有气无力地一步步挪回家去。

母爱如棉，包裹着我，让我真真切切从骨子里感到温暖。

（发表于 2015 年 11 月 6 日的美国《新世界时报》）

母亲做的臭豆腐

现在，生活富裕了，吃腻了大鱼大肉，偶尔会在超市里买些臭豆腐，但总觉得没有母亲做的好吃。我非常怀念母亲做的臭豆腐，更怀念为我们操劳一生的母亲。

母亲离开我们二十多年了，但母亲做的臭豆腐的香味还一直留在我的唇边。

母亲做的臭豆腐，外表是灰灰的，显得那么朴实无华，内里却是白白的，就像一颗美丽善良的心。吃起来虽然有一股很浓的气味，但又透着诱人的香气，让我久久不能忘怀。

小时候，我们这帮孩子都盼着过年，因为在年尾，大人们会割点肉、买点好菜。在大年三十这天，母亲不驻会做上一桌丰盛的菜肴，还会包一些带着肉馅的水饺，一个个饺子把小肚皮撑得圆圆的，可解谗了！当然，还有一个重要原因是母亲会做一包豆腐，除一部分会马上食用外，剩下的就要做臭豆腐了。

母亲会把豆腐切成小块，然后晾在盖顶子上，晾干后再放进陶盆里，盖上盖子，上面压上一块砖头，最后放到厨房的一个角落里。

发酵一周左右，盆里的豆腐就会发黏了，上面长满了一层茸茸的绿毛。这时候，母亲就会把盆子端出来，揭开盖子，放在太阳底下晒一会儿。母亲从香椿树上折了一些枝子，放进锅里，添上半锅水，生火把水烧开。待水凉透后，倒进盆里，放些盐面。那时候是没有精盐的，盐面是母亲把一把粗盐粒子放在案上用擀面杖碾压成的。最后再盖上盖子，上面压上砖头，又放到厨房角落里。

等再过上三五天，臭豆腐就闷成了。揭开盖子，一股香喷喷的气味扑面而来，让人垂涎三尺。母亲从菜橱里拿出一只盘子，用筷子从盆子里夹出几块臭豆腐放进盘里，上面撒上一些葱花和姜丝，煞是好看，既像一件艺术品。吃在嘴里，那个香啊！现在的孩子是无法体会到的。

母亲经常把臭豆腐送给左邻右舍，让大家都品尝品尝，婶子大爷们都称赞母做的臭豆腐真是好吃极了，吃了这回还想吃下回。

一天，邻居小军一溜儿小跑进了我们家门，脸上都冒出了汗，大老远就嚷："大娘，您做的臭豆腐真是太好吃了，我还想吃。"但我家只剩下两块了，是专门留给我吃的，我连忙向母亲挤眼睛。但母亲没有理会我，对小军说："小军，你来了，又想吃臭豆腐了？"小军低下头，不好意思地说："嗯，是的。"母亲说："就剩下两块了，你拿着吧。下回做了，大娘再多给你些。"于是小军端着臭豆腐，哼着小曲，欢天喜地回家了。我可不干了，质问母亲："娘，你明知道只剩下两块臭豆腐了，为什么还要送给他？"母亲答道："咱想着人家，人家也会想着咱。孩子，你说是吧？"母亲说的果真不错，从那以后，小军家有什么好吃的东西也经常送来一些。将心比心，以心换心嘛！

现在，生活富裕了，吃腻了大鱼大肉，偶尔会在超市里买些臭豆腐，但总觉得没有母亲做的好吃。

我非常怀念母亲做的臭豆腐，更怀念为我们操劳一生的母亲。

（发表于 2010 年 4 月 21 日的《齐鲁晚报》）

看着这枚金灿灿的"戒指"，我的眼角湿润了，连忙说："好看，好看，它比世界上任何戒指都好看。"

虽然母亲离开我们已经十七年了，但是有件发生在她身上的事还常常在我脑海里浮现，让我刻骨铭心。

一个周末，我回了趟老家。我推开大门的一刹那，便看见母亲正坐在院子里和一位邻居拉呱。这位邻居我叫她大婶，见到她我忙上前搭话。这时，我注意到大婶的手指上戴着一枚戒指，闪闪发光。我问道："大婶，戴上戒指了，真好看，谁给您老买的？"大婶回答："闺女呗！"我接着说："听说大姐做生意发大财了。"大婶得意地说："财倒没发，就是非常孝顺，经常给我买东西。"

我转过身，再看看年过花甲的老母亲，长满茧花的手上什么首饰也没戴，显得有些寒酸，于是我对她说："妈，我也给你买一枚戒指吧！"

母亲说:"你刚买了房子,正缺钱,买什么!再说了家里还有一枚。"我闻言感到惊讶:"您有一枚戒指?我怎么没见过,是谁买的?"母亲嫣然一笑:"暂时保密。"

大婶走后,我又提起了戒指的事情:"妈,您把那枚戒指拿出来让我看看吧?"母亲却轻描淡写地说:"以后再说吧。"但我坚持要看。经不住我的再三请求,母亲走进了里屋。过了一会,母亲端出一个针线笸箩,扒拉一番,捏出一枚顶针儿,边举着边笑着说:"儿子,这枚戒指好看不?俺戴着它做针线,可带劲了!"

看着这枚金灿灿的"戒指",我的眼角湿润了,连忙说:"好看,好看,它比世界上任何戒指都好看。"

(发表于 2014 年 7 月 20 的《东方烟草报》)

这件事情在我幼小的心灵里种下了一颗诚信的种子，从此生根发芽，让我知道为人做事一定要讲诚信、守承诺。

二十世纪七八十年代，一跨入春天的门槛，卖鸡鸭鹅雏的就渐渐多了起来。清脆嘹亮的叫卖声响彻乡村的上空，不绝于耳，吸引了许多购买者。那时，人们普遍不富裕，大都囊中羞涩，所以赊账十分常见。卖方也都慷慨大方，敢赊给他们，还不用买方打欠条。卖方一般会准备了一个小本子，记上买方的村名、姓名和购买的数量就完事儿了。到了秋天，卖方才走村串户地上门要钱，而买方也都挺讲信用，并没有赖账的。在集市上，猪崽儿也可以赊，只是因为猪崽儿比较值钱，所以买卖双方必须找一个彼此都熟悉的人作担保。买方把猪崽儿带回家去，观察一段时间，看其比较健康，能吃食，就放心了，过一两个集后，便会把钱带到集市上交给卖主。

我的父亲也有一次赊猪崽儿的经历。父亲至今还对那件事记忆犹新，常常津津乐道地向我提起。

有一年，我家把大猪卖了，父母合计着再买一只猪崽儿。费县大集到了，父亲在后车座上绑上一只篓筐，骑着自行车就去赶集了。当他来到集市时，看到猪崽儿没剩下几只了，也没个相中的，正心灰意冷地要离开。这时，一位中年男子过来搭讪："老弟，没看到中意的吧，我家母猪下了窝猪崽儿，这次赶集我卖了几只，还剩下4只，带你到我家看看去？"父亲不假思索地应了一声，跟他去了。

这人的家在平邑县天宝，是一个比较偏僻的村庄。去他家的路净是些羊肠小道，很是难走。父亲一路颠簸，七转八拐，累得满头大汗，到他家时已过了晌午。那人说："老弟，饿坏了吧？孩儿他妈，抓紧时间炒两个菜，我要跟这位老弟喝两盅。"父亲说："老哥，我还是回家吃吧。"那人说："不就一顿饭嘛，就是走道的饿了让我管顿饭我也会管的，何况你还是来我家买猪崽儿的。"当时，父亲早已饥肠辘辘，所那人如此说便也不再推辞。父亲想："从这里到家有70多里路，如不吃饭，驮着猪崽儿回到家时他不就饿惨了？"不一会儿，几盘热气腾腾的菜肴就被端上了桌。这哥俩有说有笑，推杯换盏，一个多小时，父亲赚了个酒足饭饱。

看时间不早了，父亲忙让那人带他去猪圈看看。父亲见一只猪崽儿浑身油光发亮，二目有神，走起路来非常稳健，就对那人说："就要它了。"于是，他们用细绳缚住猪崽儿的四肢，过完秤后将它放进了篓筐里。父亲对那人说："这只猪崽儿看起来还行，就是不知道好不好喂。"那人痛快地说："这事好办，你先喂一段时间，觉得好喂再付钱，不好喂就算我的，下个大集咱们在桥西头见。"父亲便向那家人告了别，就急匆匆地往家赶。

待父亲到家时，天已大黑了，母亲跟我已在村口等候多时了。母亲问父亲："你干什么去了，这么晚才回来？"父亲答道："去逮猪崽儿了。那卖主也太大胆了，没找保人，也没问我家住哪里，姓啥名谁，就赊给我了，还管了我一顿饭。如果咱不给他送钱，他还真找不着咱。"母亲说："咱不能昧着良心干那种事。再说了，人家也不容易，咱得把钱还给人家。"父亲说："我不是那个意思，只是想说这人实在、心眼好罢了。"

一转眼，费县大集又到了，父亲早早地来到集市的桥西头，等着那人来取钱。过了很长时间，那人终于来了，父亲便把钱一分不差地递给他。作为回敬，父亲约他来到羊肉汤锅前，要了两碗羊肉、两杯小酒。于是，两人又喝了起来……

这件事情在我幼小的心灵里种下了一颗诚信的种子，从此生根发芽，让我知道为人做事一定要讲诚信、守承诺。

（发表于 2011 年 9 月 27 日的《齐鲁晚报》，原标题《一个有关诚信的故事》）

父亲自豪地说："种了一辈子地，老了还能按月领取政府发放的养老金，这种过去只有城里职工才有的待遇，现在我们农民也能享受了，我的退休梦真就实现了。"

20 世纪 90 年代，我的一位大伯从单位退休回到老家安享晚年。大伯闲来无事，天天穿着干净的衣服，嘴里哼着小曲，东逛逛，西遛遛，好不惬意，让翻了一辈子土的村民们好生羡慕。

我父亲比大伯小几岁，虽然身体不太好，但为了生计，仍不得不下地劳作。说实话，那时种地没有多少收入，除去种子、化肥、农药的费用，还有上交的农业税、乡统筹村提留税费，已所剩无几。在当时，依附于土地生活的农民，日子过得还比较紧巴。

父亲和大伯经常凑在一起拉家常。父亲对大伯说："如果我们这些农民能像你们这些单位职工一样，60 岁能退休，每月领上几百块钱的退休金，吃药打针报医药费，那该多好啊！"大伯接过话茬说："随着国家的发展，你的想法或许真能实现。"父亲笑了笑说："要真是这样，那就试好了！"

不过几年光景，父亲真就看到了希望。2004年，国家不仅取消了农业税，还实行了粮食直补、农资综合补贴、良种补贴、农机具购置补贴"四补贴政策"。大队里给村民在信用社开了账户，每户一折，发到村民手里。领到这些补贴款后，父亲掩不住内心的喜悦，兴奋地对大伯说："税说不交就不交了，反过来还给老百姓钱，这可是天上掉馅儿饼的事情，看来我的退休梦有希望了。"

2006年，国家开始实施新型农村合作医疗制度。农村合作医疗制度是由政府支持、农民群众与农村经济组织共同筹资、在医疗上实行互助互济的一种具有医疗保险性质的农村健康保障制度。农民只需要交很少的钱，今后吃药打针和住院所花的费用就能报销。随着相关政策的逐步完善，报销的比例和数额也越来越大。父亲平时身体就不太好，经常吃药打针，当然受益更多。这时，父亲乐呵呵地对大伯说："我也和你一样，吃药住院能报销了，我的退休梦又更近了一步。"

2009年，国家又正式启动了新型农村社会养老保险制度。满60周岁以上的农村居民个人不再缴费，直接享受中央财政补助的基础养老金，但其符合参保条件的子女应当参保缴费。当时父亲已经60多岁了，已不用缴费，就能直接领养老金了。这时他见到大伯，父亲自豪地说："种了一辈子地，老了还能按月领取政府发放的养老金，这种过去只有城里职工才有的待遇，现在我们农民也能享受了，我的退休梦真就实现了。"大伯说："随着国家惠民政策的不断出台，我们老百姓会得到更多的实惠。"父亲的脸上露出了幸福的笑容。

（发表于2013年5月29日的《新华每日电讯》，原标题《一位农民的"退休梦"》）

父亲起早贪黑，冒寒暑、顶风雨，骑着他心爱的"大金鹿"、东奔西走，挣些辛苦钱，养活着我们一家人。

我住在县城。父亲经常骑着一辆老式"金鹿"牌自行车，后座驮着自己地里产的蔬菜、黄地瓜、水果之类的东西，从十几公里外的老家出发，来到这里。

我说："现在交通便利，乘客车非常方便，您的这辆老古董该下岗了。"父亲却回答："骑自行车既能省车票钱，又能锻炼身体，是件两全其美的事情，何乐而不为呢？"既然他说到这个份儿上，我也就不吱声了。

如今这辆"大金鹿"已经锈迹斑斑，显得破旧寒碜，可以说除了铃铛不响外，骑起来什么地方都"吱吱"作响，父亲却视它为宝贝，当做老朋友，天天伴着它。说起这辆"大金鹿"，它真的为我家立下了许多汗马功劳哩！

这车是二十世纪七十年代末购买的，已伴随着父亲度过了三十多个春秋，是他的"老伙计"了。在那时，家里卖了头大猪，父亲便有了买自行车的打算。当时还在实行计划经济，购自行车得凭票。为此，父亲跑了几个地方，因为弄不到自行车票，自然就没买成。后来听说东北好买，于是给在那里工作的三舅写了封信。三舅收到信后，买了辆"大金鹿"，通过邮局寄了过来。

看着心仪已久崭崭新新的自行车，幸福的笑容洋溢在父亲脸上。他晃晃铃铛、摸摸车把、摇摇脚蹬子，一副爱不释手的样子。欣赏了一会儿，他便骑上它，在院子里转了一圈又一圈。

父亲找来一块抹布，塞在车座底下，闲暇之余，便会掏出来，擦拭一番。

我的老家地处山区，在当时交通十分不便，因为没有通客车，出个远门，大多数人要靠"步量"。那时的自行车很稀罕，所以骑自行车出门，是件很体面的事情，因此有不少人出远门时便向有自行车的人家去借。村支书家有一辆，一般不往外借，也因为这样，暗地里不少村民都叫他"铁公鸡"。但父亲是个热心肠，有人来向他借自行车，心里虽然有一万个舍不得，但是表面上还是十分慷慨地说："行，不过一定要注意安全，不要摔了碰了。"望着借车人远去的背影，父亲便自言自语道："老天保佑，千万别给我弄坏了。"直到借车人把车"完璧归赵"，父亲心中的那块石头才算落了地。

后来，农村实行了土地承包责任制，父亲开始骑着自行车，到县城打个零工，我清楚地记得，一天的工钱是一块两毛五。再后来，他又杀猪卖肉，用自行车能驮二百多斤猪肉哩！就这样，父亲起早贪黑，冒寒暑、顶风雨，骑着他心爱的"大金鹿"东奔西走，挣些辛苦钱，养活着我们一家人。

以后，我们姊妹四个用这辆"大金鹿"学会了骑自行车。别人初学骑自行车时，大都在后座上横着绑一根棍子，以防摔人摔车。弟弟胆子大、脾气犟，见他学车时偏不绑棍子。一次，他在大路上摇摇晃晃地骑着"大金鹿"，突然一辆拖拉机迎面驶来，他忙打方向，但自行车就像脱缰的野马、撞在了路沿石上，磕断了大梁。父亲知道后大发雷霆，对着弟弟大嚷："给你说学车要绑棍子，以防不测，就你逞能，偏不信，这不，把车摔坏了。"说着，便朝着弟弟的屁股狠踢几脚。弟弟咬着牙，摸着屁股，站在那里，一言不发。父亲一般不会打骂我们，这是我第一次见父亲发这么大的火。哥哥说："爸爸，现在我们手头上宽裕了，再给您买一辆吧。"父亲说："不用了，这辆车的质量很好，就是再买一辆新的也不一定跟这辆扎壮，我叫电焊工给焊上就是了。"

现在生活富裕了，我们兄妹几个商量着给父亲买辆"老年乐"，但他总不肯。他说："现在大讲低碳生活，我骑自行车既低碳环保，又节省能源，这也是为国家做贡献。"父亲爱看新闻，知道的事情还真不少。

每当来到我这里，父亲经常骑着"大金鹿"带上我儿子，到街上转转。他常常给儿子买些好吃的、好玩的，坐在后座上的儿子直乐得屁颠屁颠的。

夕阳西下，父亲该回家了，只见他把腿一抬，骑上他心爱的宝贝就上路了。猛然间，我看见他的双鬓又增添了许多银丝，我忙转过头去，眼泪顿时簌簌地落了下来。

（发表于《费县颜真卿研究》2014 年第 4 期）

小时候，父亲的背是我的一座靠山，为我遮风挡雨；而当父亲老了，我的背成了父亲的一片港湾，让他停泊休整。父亲，您就放心吧，您背我小，我就背您老，一直走到世界的尽头。

小时候，我经常趴在父亲的背上，现在回想起来，那个情景还历历在目，感到非常温馨。

不会走之前，我常常黏在父亲的背上。学会了走之后，当走累了或不想走了，我往往会用稚嫩的声音向父亲喊道："背，背背。"听到我么说，父亲二话不说就背起了我。在床上，我喜欢在父亲的背上"骑大马"。父亲弯下腰，手脚着地，我顺势爬上去，两腿叉起，一边用小手拍打着父亲的背，一边得意洋洋地喊着："驾，驾……"父亲在床上来来回回地爬，那时的我在他身上感到惬意极了！

记得有一次，父亲扛着镢头到山坡上的一块田里去刨谷茬，而我尾随其后。

到了田里，父亲便热火朝天地干起来。我在田里跑来跑去，玩得不亦乐乎！一个不慎，我踩上了一根谷茬。谷茬就像一把尖利的锥子，穿过鞋底，扎入脚心，鲜血顿时汨汨而流，染红了我的鞋子，我哇哇大哭起来。看到这种情形，父亲连忙脱下上衣，把它撕成条条，大步跑过来，脱掉我的鞋子，用布条里三层外三层地缠住伤口，不过血还是渗了出来。包扎完后，父亲背起我就往村里的卫生室跑去。

我趴在父亲宽厚的肩膀上，顿时感觉伤痛减轻了不少。山路蜿蜒崎岖，父亲深一脚浅一脚地跑着，不一会儿就气喘吁吁。我们很快来到了卫生室，可铁将军把门。这时我才发觉，豆大的汗珠从父亲的脸上簌簌地往下落，流到父亲赤裸的上身，在肚皮上汇成溪流，又向下流到裤子上，把裤子都打湿了。

父亲背着我，马上转过身，向邻村的卫生室跑去。我注意到父亲的脚步放慢了许多，看来父亲的确是累坏了。终于跑到了邻村卫生室，父亲上气不接下气地对医生说："快，快，孩子的脚心被谷茬扎了，淌了很多血。"待医生处理完伤口，父亲又背起我回到了家。

去世得早，我们兄妹几个都结婚了，父亲自己单过。随着年龄的增长，父亲的身体大不如以前，总让我放心不下。每过一段日子，我便抽出时间，从城里赶往乡下，去看望年迈的老父亲。

有一回，听父亲讲，十几天来，每天早晨五点钟左右，他就会肚子疼，但跑到厕所蹲蹲就好了。我说去医院查查去，他却说只是一点小毛病，没事。我说有病不能拖延，必须得看，于是我带他去了医院。通过检查，父亲得了肠肌瘤，大夫建议立即切除。大夫讲完利害关系后，我毫不犹豫地在协议上签上字。手术进行得非常顺利，父亲从手术室转到病房，父亲住院的十多天里，我全程陪护。

父亲已年过古稀。前些日子，父亲打来电话说他摔了一跤，疼得不敢走路。我立马找来一辆车，火速赶回家，我搀扶着父亲上了车，直奔医院。

在医院的停车场，司机停好车后，父亲的腿又疼又麻，不敢挪步，于是我背起父亲，走进一楼。我把父亲小心翼翼地放下，让他坐在椅子上。排队、挂号、交钱，我忙得不可开交。骨科门诊在五楼，父亲不敢坐电梯，于是我又背起他。只爬了一层，我便有些气喘吁吁了，爬着爬着，我感到身上的父亲越来越重，让我大汗淋漓。爬到中途，我感到力不从心，两腿像灌满了铅一样。但我咬紧牙关，终于挪到了五楼。这时，我的衣服都被汗水浸湿了。

到了骨科门诊，大夫开了单子，让我先到一楼交钱，再去三楼做CT。我背着父亲到了三楼，放下他，再到一楼交钱。做完CT，过了一段时间，片子出来了，我又背起父亲到了五楼。大夫看着片子说，骨头没事，在家安心静养就是了。

我把父亲从五楼背到停车场，再把他抱到车上。经过一天再奔波，我感到又酸又疼，浑身就像散了架似的。

车子开到我家，我从楼下把父亲背到家里。经过我和妻子的精心照料，父亲一天天地好转起来。一个多月后，父亲已完全康复，然后回到了自己的家。

小时候，父亲的背是我的一座靠山，为我遮风挡雨；而当父亲老了，我的背成了父亲的一片港湾，让他停泊休整。父亲，您就放心吧，您背我小，我就背您老，一直走到世界的尽头。

（发表于2015年10月21日的《劳动午报》）

第二辑

悠悠童年

　　这些乡间美食的香味至今还在我舌尖上打转，让我回味无穷，留下了永恒的记忆，我仿佛又回到了温馨的童年时代。

　　现在的一些食品总让人放心不下。孩子的健康可是大事，大人给孩子挑选零食时可仔细了，既要看牌子，又要看生产日期，还要看配料表，即便这样小心，心还总是在半空中悬着。而我童年吃的零食就不需要有这些顾忌了，只需往嘴里肆无忌惮地塞就是了。

　　二十世纪七八十年代，物质非常匮乏，人们的温饱都成问题，大人当然也舍不得到商店里给孩子买零食了。我们这些"馋猫"就会自力更生，千方百计到野外弄些好吃的。

　　春回大地、万物复苏，到处是欣欣向荣的景象。榆树上缀满了一簇簇翡翠般的榆钱，洋槐树上挂满了串串白玉般的洋槐花，我们翘首仰望，勾起了肚中的"馋虫"。纷纷爬上树去捋榆钱，或用带长柄的铁钩去钩洋槐花，我们把这些大自然赐予的美味掩进嘴里，大口大口地嚼着，粘粘的、甜甜的，真是美味极了！杏花褪去，不久杏树上就冒出颗颗青杏，它也成了我们攫取的目标。这些还未成熟的杏子咬在嘴里，会流酸水、酸倒牙，但我们还是大呼过瘾。在田间地头，还生长着一种茅草，裹在嫩叶里花苞能食用，我们把它薅出来，剥去嫩叶，露出白白的花苞，迫不及待地填到嘴里，甜丝丝的，也蛮好吃。

夏季来临，我们将目标瞄向了青麦穗。到田里掐下几穗，把它们放在手掌中，按顺时针不停地揉搓，麦粒和麦芒便分离开来，吹去麦芒，把麦粒放进嘴里嚼起来，香中带甜。碰到桃树，我们就会摘下几个毛桃，放到水里洗一洗，毛桃吃起来虽然带些苦味，但是我们还是嚼得有滋有味。有时我们还会窜进高粱地去掰乌米。高粱乌米是高粱在孕穗时生的一种黑穗病后生长成的白色棒状物，在幼嫩时可以食用。我们觅到乌米就像哥伦布发现新大陆似的喜出望外，将它掰下来，续进嘴里，吃的那个香劲就甭提了。夏季的乡村蝉鸣阵阵，夜幕降临了，我们经常持着手电筒去照"知了猴"。如果运气好的话，能捉好些，放在油锅里炸一炸，吃起来香喷喷的，让人吃了这只还想吃下一只。

秋天是收获的季节，我们的零食自然就变得更加丰富多彩，核桃、梨子、苹果、板栗、地瓜、花生、豇豆等等都成了我们的腹中之物。在柿树上，我们有时会发现熟过头的柿子，里面十分多汁，而且糖分很高，因而被当地人称为"烘柿"。我们爬上树，将它摘下来，从烘柿的顶部揭下一块皮，用嘴吮吸，真是比蜜还甜。山里的酸枣和山葡萄熟了，我们像一只只快乐的小鸟，欢声雀跃地飞到目的地。红色的酸枣酸中带甜，紫色的山葡萄甜中带酸，引得我们垂涎欲滴，竞相采摘。在草丛里，经常看见一种绿莹莹的蚂蚱出没，蹦蹦跳跳的，非常惹人喜爱。

我们猫下身，蹑手蹑脚地走过去，叉开手掌，猛地抓下去，蚂蚱便罩住了。我们把捉来的蚂蚱埋进灶内带有余温的灰烬里，过个几分钟，就烤熟了。扒出来，吃起来香香的，让人难以忘怀。

这些乡间美食的香味至今还在我舌尖上打转，让我回味无穷，留下了永恒的记忆，我仿佛又回到了温馨的童年时代。

（发表于 2016 年 6 月 1 日的《今日梁山》）

　　记得小时候的家乡，许多山坡上都植有柿树，到了秋天，便会硕果累累。远远望去，宛如一团团火，和天空中的彩云相映成趣。而当走上前去，就变成了一盏盏灯，点亮了农家人的笑脸。

　　"七月核桃八月梨，九月柿子乱赶集。"这里所说的月份实际上是农历。想到家乡的这句农谚，我的脑海里便不觉浮现出老家金灿灿的柿子来。

　　记得小时候的家乡，许多山坡上都植有柿树，到了秋天，便会硕果累累。远远望去，宛如一团团火，和天空中的彩云相映成趣。而当走上前去，就变成了一盏盏灯，点亮了农家人的笑脸。

　　每当这时，人们从四面八方陆陆续续赶来，前来分享这丰收的盛宴，连周围的空气都变得格外香甜了。人们开始争先恐后地摘柿子，摘柿子用的工具我们叫"舀子"，那是一根四五米长的木棍，末端安一个铁圈和铁钩，铁圈下面缝上布袋。人们高高举起舀子，让铁钩勾住紧连着果蒂的树枝，往前一推或者向后一拉，柿子便落到布袋里。然后轻轻地放下舀子，把柿子从布袋里拿出来，放进筐里。人们把熟透的柿子我们叫做"烘柿"，红红的、软软的，里面满是甜甜的汁水。把"烘柿"拿在手里，揭去底部的皮，用力一吸，汁水入口，一下子就甜到了心底！

吃过晚饭，母亲便开始"暖柿子"了。她先是烧了一锅热水，让水温保持在40度左右。然后，她把柿子放进锅里，上面覆上一层柿叶。"暖柿子"是为了除掉涩味，因此控制水的温度是关键，过高或过低均不合适。水温低了，柿子吃起来发涩；水温高了，就煮熟了也不好吃。水温保持在40℃最理想，既不会损伤果实，脱涩时间还最短。"暖柿子"需要一晚上的时间，不得不说十分辛苦。为了保持恒定的温度，母亲一晚上要起来好几次，往灶里填柴烧火，折腾着她整夜没有睡好。

一大早，我们便迫不及待地起床了。趿拉着鞋子跑到灶前，揭起锅盖，捞起柿子就啃，吃进嘴里，味道香甜，又脆爽可口。

在那个物质匮乏的年代，人们通常会把柿子做成柿饼，待赶集时卖掉换钱。

做柿饼要先去皮。那时村里人用的是一种类似纺车的简单工具，一端是带三股叉的轴，另一端是手柄。把柿子插在三股叉上，左手拿着削皮刀放在柿子上，右手转动手柄，外皮就被削下来了。然后在院子里选一处通风好的地方，两端各垒一个长石台，中间搭几根长木棍，上面铺上用秫秸做成的大席，把削好皮的柿子一个个摆在席上。因为秫秸席的缝隙比较大、透气性好，柿子不易霉变。晾晒一段时间后，柿子外面变干而里面松软时就能捏了。捏时要注意力度，捏成饼状即可，不能捏破。等过三四天，再捏一次。捏柿饼要在太阳还没出来、气温较低的早晨进行，否则柿子会渗出过多的糖分，粘手不说，还容易被捏破。

柿饼晒好后，在秫秸席上堆成一堆，上面盖一层干柿子皮，再过个把月，柿饼表面会出现一层白霜，这是柿子渗出的糖分。这时，柿饼就能吃了。大人会把绝大部分的柿饼卖掉，只留一小部分给孩子们当零食吃。

记忆中的那些柿子格外香甜，现在回忆起来，我还忍不住想流口水呢！

（发表于 2015 年 11 月 3 日的《中国食品报》）

这些童谣是我们生活的剪影，也是我小时候的精神食粮，曾承载了童年的纯真与梦想，伴随着我健康成长。回想起这些童谣，仿佛每一支都是从远古穿越而来，每一支都浸透着岁月的芬芳，且历久弥新、充满活力。

童谣是俚语的一种，是一种优秀的民间文化，世界各地都有，带有浓厚的地域色彩。童谣一般具有音节和谐、朗朗上口、内容简短、通俗易懂、诙谐幽默、易于流传等特点，因此深受小孩的喜欢，小时候我也不例外。可以说，童谣是我童年生活的一部分，我是听着童谣、唱着童谣长大的。

我出生了，在一天天地长大，该睡觉了，母亲抱着我，两腿晃动着，一边低吟着："噢噢噢，睡觉了，老猫来到了；噢噢噢，睡着了，老猫跳河了；噢噢噢，睡醒了，老猫跳井了。"一边唱一边随着低吟的节奏轻拍着我的小屁股。听着这优美的旋律，我便很快甜甜地游入了梦乡。

到我咿呀学语的时候，大人们一边扳着我的小手指头，一边教着我童谣，开始让我认识数字。"一二三四五，上山打老虎，老虎没打着，捉到小松鼠。松鼠有几只，让我数一数。数来又数去，一二三四五。""一二三，爬上山；四五六，翻跟头；七八九，张开两只手，十个手指头。"这些童谣把数字描写得形象而又具体，寓教于乐，让我轻松加愉快地学会了"1、2、3、4、5……"

我家养了一只小狗，整日摇着尾巴跟在我的屁股后面，真是可爱极了！"一只小花狗，坐在大门口，两眼黑溜溜，想吃肉骨头。"听着对小狗形象的描述，再看着自家的小狗，让我加深了对小狗特征和习性的认识，意识到了这可爱的动物是人类的好朋友。

岁末年初，正值农闲时节，我们周围几个村联合组织了庄户剧团，在各村巡回演出。听到来唱戏的了，外婆就差小舅来叫我们去她们村看戏。"扯大锯，拉大锯，姥娘家，唱大戏。接闺女，请女婿；小外孙，也要去。"讲的就是这种情形。一听到这个消息，我便喜出望外，一边唱着这首童谣，一边手舞足蹈，因为去外婆家不仅能看到好戏，更重要的是外婆会为我准备一些好吃的东西。

过去，这里不通电，没有电视看，更不用说上网了。还好，我们村一年中能放十几场露天电影，这足让我兴奋好一阵子的。我最爱看战斗故事片了，像《平原作战》《地道战》《地雷战》《红日》等。有人就根据这些电影编成了童谣，如"学习李向阳，坚决不投降。敌人来抓我，我就上高墙。高墙不顶用，我就钻地洞。地洞有枪声，消灭日本兵"。我们相互传唱，这既丰富了我的精神世界，又接受了一种无形的爱国教育，一种责任感在我心中生根发芽。

我在噌噌地长高，对童谣的理解更加深刻了。"小巴狗，上南山，拉石头，盖瓦屋，盖上瓦屋娶媳妇，娶了媳妇生娃娃，生了娃娃叫大大（大大，方言，指爸爸）。"让我知道了要想过上幸福生活，必须付出艰辛的劳动；"拉钩，上吊，一百年不许要。谁要要，掉屎窖。"让我认识到了做事要讲诚信，失信就会遭人唾弃；"小板凳，你别歪，让我奶奶坐下来。我替奶奶捶捶背，奶奶夸我好宝贝。"让我明白了尊敬老人是我们中华民族的光荣传统……

这些童谣是我们生活的剪影，也是我小时候的精神食粮，曾承载了童年的纯真与梦想，伴随着我健康成长。回想起这些童谣，仿佛每一支都是从远古穿越而来，每一支都浸透着岁月的芬芳，且历久弥新，充满活力。

童谣是万花筒，转动着多姿多彩的童年；童谣是百宝箱，装满了美好的回忆。现在这些童谣已在我的心中化为涓涓细流，洗刷着疲惫、滋润着心灵、净化着灵魂，多了一些温馨，少了一些浮躁，我又仿佛回到了快乐的童年时光。

（2022年3月21日的《临沂日报》）

闷窑

我们把这些庄稼采摘下后，就找一处比较隐蔽的地方用火烧熟，争相食之。那时到野外闷窑的情景现在我还历历在目，仿佛就发生在眼前。

在我小时候，国家还处在困难时期，吃不饱的现象仍然存在。庄稼快成熟了，我们三五个孩子偶尔跑到地里去"偷青"，花生、地瓜、玉米棒子、青豆、豇豆等都是我们攫取的目标。我们把这些东西采摘下来后，就找一处比较隐蔽的地方用火烧熟，争相食之。那时到野外闷窑的情景现在我还历历在目，仿佛就发生在眼前。

我们背着筐来到地瓜田里，猫着身子，手握镰刀小心翼翼地挖出地瓜。一般一墩地瓜只敢掏一块，然后用土掩埋好，这种做法不言而喻，为的是不让别人发现。正长着的地瓜就被我们这些"罪魁祸首"无情地挖了出来，可我们饿呀！一会功夫，我们就挖了大半筐。山中到处都是枯枝败叶，工夫不大，我们就捡了满满两筐柴禾。

我们选择了一个避风且不易被人发觉的凹地，从闲田里捡来许许多多的土坷垃。用镢头刨了一个圆形坑，从一侧掏了一个洞做窑门，在圆形坑上面搭了几块条形石当炉条。沿着圆形坑外围围了一圈土坷垃，然后一层层逐渐收拢着向上垒，最后垒成了一个中空的窑体。窑体顶部还预留了一个口儿，暂时先用一些大土坷垃盖住。

然后我们就开始生火烧窑。在不断地加柴后，土坷垃被烧得越来越热，直到烧透烧红。这时把火灭掉，用土封住窑门。用一根木棍把窑体的土坷垃挪开，露出口儿，将地瓜轻轻放入窑膛。然后将整个窑体的土坷垃用木棍全部捅落，覆盖住地瓜。挖取鲜土将整个窑体封闭、拍实。我们发现有热气透出时，就立刻用鲜土封堵，直至没有热气透出。

等待的过程是漫长的、心焦的。等了十多分钟，有的小伙伴就有些迫不及待了，要起窑扒地瓜，但我怕地瓜没闷熟，所以连忙制止。又过了一些时候，地瓜终于闷好了，我们各执一根木棍，争先恐后地把地瓜拨拉出来。

"别烫着，凉一下再拿。"我的话还没说完，一块滚烫的地瓜便跑到一个同伴的手里。这下可不得了了，同伴被烫得他哇哇直叫，手上顿时起了个血泡。"心急吃不了热豆腐，这不烫伤了。"我一边说，一边捏起他的手指，朝血泡上吹气。

地瓜放了一会儿终于不太烫了，于是，我们每人都拿起地瓜边剥皮边试探着往嘴里塞，热气在袅袅上升，甜味一直流到心底，那兴奋劲儿就甭提了！被烫的那位也把疼痛抛到九霄云外去了，用手捧着地瓜，大口大口地嚼着。

吃完了地瓜，我们用手指弹着滚圆的小肚皮来到水塘边，水中映出了我们乱蓬蓬的头发、脏兮兮的脸面。我们把沾满灰垢的小手插到水里，水面上荡起了一圈圈的涟漪。

长大以后，我再也没吃到这么香甜的地瓜了，只好在美好的回忆中品味一下了。

（发表于 2015 年 10 月 7 日的苏里南《中华日报》）

渐渐地，渐渐地，枝枝桠桠上就挂满了翠绿翠绿的榆钱，一串串、一簇簇，很是惹人喜欢，对我们这帮孩子来说，更是充满诱惑。

乡愁是故乡的一草一木、一人一物，常常牵动着我的神经。记得小时候，老家的房前屋后满是榆树。听村里的老人讲，在困难时期，这榆树可成了村民的"救命树"，他们吃榆钱嚼榆叶，最后连树皮也被剥下来煮着吃了。我虽然没经历过，但缺衣少食的现象在我童年时代时有发生。

春回大地、生机盎然。故乡的榆树也变得精神抖擞起来，柔软的枝条上开始拱出鲜嫩的绿芽儿。渐渐地、渐渐地，枝枝桠桠上就挂满了翠绿翠绿的榆钱，一串串、一簇簇，很是惹人喜欢，对我们这帮孩子来说，更是充满诱惑。

我们仰起头，用手摸着饿瘪的小肚子，瞅着满树的榆钱，眼馋极了，直咽口水。哥哥是个爬树高手，我们就央求他上树捋榆钱，他爽快地答应了。

哥哥找来一只篮子，在提系上拴上一条绳索，束在腰间。只见他把鞋子一脱，踢到一边，双手抱住树干，敏捷得像只猴子，噌噌噌，三下五除二就爬到了树上。他从腰间解下绳索，绑在树枝上，把篮子放在树杈上。

哥哥挑选几支榆钱多的树枝折下来，抛在地上。我们这帮孩子见状一哄而起，争先恐后地去抢。我们从树枝上摘下榆钱，俺进嘴里，大口大口地嚼起来。榆钱吃起来甜甜的、粘粘的，让人舍不得咽下，又不得不狼吞虎咽。那时弟弟年龄很小，个子也矮，所以老是抢不到，他就哀求我给他一些。而我拿着带有榆钱的树枝故意逗他玩。等他快够着树枝时，我就抬高一些；看他把手缩回去时，就把树枝放低一些。他踮起脚，小手高高抬起，甚至跳起来，总是够不着。他那忍俊不禁的样子，引得大家哈哈大笑。最后他急了，坐在地上哇哇大哭起来。我连忙把树枝递过去，他顿时破涕为笑，一手夺过树枝，摘下榆钱就迫不急待地往嘴里塞。

哥哥站在树杈上，左手扳着树枝，右手攥着枝条，将大把大把的榆钱捋下来，丢进篮子里。不一会儿，就捋满了一篮子，他拽着绳索，慢慢地把篮子放下来。我们在地上用双手接住篮子，把榆钱倒进筐里。哥哥再把篮子拉上去，再捋第二篮，第三篮……回到家后，母亲把榆钱细细地淘洗干净，放入菜筐里备用。只见她烧开了一锅水，倒进榆钱，撒上一些黄豆面子，加点儿盐，盖上锅盖，煮闷一段时间，榆钱粥就做成了。

一盆热气腾腾的榆钱粥端上桌，盛进碗里，绿莹莹的、黄澄澄的，煞是好看；端起来闻闻，一股清香扑鼻的味道直刺激着我的味蕾；喝进嘴里，甜丝丝的、香喷喷的，味道好极了！这粥既能当饭，又能当菜，我"出出溜溜"地一连喝了三大碗，把小肚皮撑得溜圆。

现在，老家的榆树早已砍伐殆尽，取而代之的大都是生长快、收益高的杨树了。再想吃到榆钱已不太容易了，但童年里榆钱那浓浓的香味还在我舌尖上打转，让我久久难以忘怀。

（发表于 2017 年 3 月 25 日的《市场星报》）

一河乡愁入梦来

小河宛如一条情感的纽带，一头系着在外生活的我，一头系着亲爱的故乡。故乡的小河在我的梦里潺潺流淌，带着酸甜苦辣，不舍昼夜，留下永远的乡愁。

我的故乡有一条小河，我常常梦到它。小河宛如一条情感的纽带，一头系着在外生活的我，一头系着亲爱的故乡。

春天来了，冰雪融化、草木萌发，小河"长肥"了许多。水中倒映着斑驳的树影，微风拂来，树影就像一条条游龙在舞动，煞是美丽。太阳升起来，河边来了好多洗浣的女人，我也跟着母亲来了。在我的记忆里，这里可热闹了！捶衣声、谈笑声搀杂在一起，给小河增添了勃勃生机。我拣起了几块石片，贴着水面向对岸扔去。石片在水面上跳跃着，溅起了一朵朵浪花，荡起了一圈圈涟漪。

我最喜欢夏天的小河了。每当我玩累了、出汗了，就跑到河边，脱光衣服，一头扎进水里。我们或俯游，或仰游，或侧游，或潜游，真是惬意极了！我自认为我潜游的水平还可以，一个猛子扎下去，憋上长长的一口气，能游很长的一段距离。潜游时，我总是睁着眼睛，所以总能看见小虾自由自在地嬉戏，小鱼无拘无束地游动。

我喜好捉鱼。捉鱼的方法很多，但我最喜欢的是围池捉鱼的游戏。我们选择一片水浅而且朝阳的地方，用沙石围成一圈，形成一个小水池。围池时，要留下一个缺口，和小河相通。中午时分，太阳火辣辣地照着，因小鱼喜欢水温高的地方，所以这时会有成群的鱼儿在浅水中出没。我们顾不得太阳的暴晒，站在离水池较远的地方，弓着腰，一动也不动，眼睛死死地盯着那缺口，就像"守株待兔"。如若发现一群鱼儿钻进了水池，我们会以迅雷不及掩耳之势，飞快地跑过去，连忙把缺口堵住。这样鱼儿就成了"瓮中之鳖"，想逃都逃不掉了。

夏天，这里经常大雨滂沱，小河水位陡增。而大雨过后，正是捞虾的好时候，因为河中央水流湍急，小虾是呆不住的，所以它们一般会在小河两边靠岸的浅水里聚集活动。这时，村里不少人端着盆子、拎着网子，来到河中开始捞虾，我和哥哥也是其中之一。捞虾时，要逆着水流，手持网子，沿着河底用力向前一推，接着迅速地把网子抬出水面，只见几十只小虾在网内蹦蹦跳跳，很是惹人喜欢。不一会的功夫，就能捞到很多。妈妈把小虾放到清水里淘洗干净，然后放在热锅里焙干，不消一会儿小虾由灰褐色变成了鲜红色。妈妈把小虾倒进碗里，磕上两个鸡蛋，用筷子搅匀，再放到锅里用油煎熟，营养又美味的鲜虾煎鸡蛋就做成了。我们把它卷进煎饼里大快朵颐，那香劲就甭提了！这个时候爷爷也会拿出酒瓶就着它喝上两盅。

秋天是丰收的季节，小河里沉淀了大量的营养物质，把螃蟹养得肥肥的，照螃蟹正当时。夜幕降临时，螃蟹就会从洞穴里陆续爬出来觅食。吃过晚饭，我们提着铁筲、握着手电筒便开始行动了。照螃蟹应该从下游照起，如果先照上游，蹚过的浑水就会流下去，看不清螃蟹。灯光照过去，螃蟹就会突突地往前爬。我们迅速地伸出右手，半拢着五指，按在螃蟹身上，抓到手里，扔进筲里，只听见"当"的一声响，螃蟹就成了我们的"囊中之物"。抓螃蟹时，一定攥住它的两螯，以免被它夹伤。捉到的螃蟹一定要放到清水里，让它吐吐脏物。过个一两天，把坚硬的外壳揭去，裹上一层面浆，放进油锅里炸酥，吃起来真是鲜美极了！

冬天来了，小河渐渐被封冻，就像一条玉带缠绕着村庄。数九寒天，冰上实了，我们终于能在上面滑冰了，沉寂多日的小河又热闹起来。我们在冰冻朱河面上展开了激烈的滑冰比赛，看谁滑得快、滑得远。一块糖果、一个苹果，都可能成为冠军的奖品。滑冰既要大胆，又要心细，不经意间，就可能摔个"四脚朝天"，引得同伴笑得前仰后合。笑声在小河的上空飘荡。

故乡的小河在我的梦里潺潺流淌，带着酸甜苦辣，不舍昼夜，留下永远的乡愁。

（发表于 2015 年 12 月 18 日的《枣庄日报》）

在当时，农村的文化生活也比较匮乏，隔三岔五能看上场电影都能让我兴奋好一阵子，在精神上能够得到极大的满足，就像平时吃惯了粗茶淡饭，偶尔碰上了大鱼大肉一样，要好好享受一番。

在我小的时候，国家还处在困难时期，农村的文化生活也比较匮乏，隔三岔五能看上场电影都能让我兴奋好一阵子，在精神上能够得到极大的满足，就像平时吃惯了粗茶淡饭，偶尔碰上了大鱼大肉一样，要好好享受一番。

那时候，各公社都组有放映队，在各村巡回放映。放映员大都推着独轮车，上面载着放映设备和发电机，在各村之间行走。看到放映队进了大队部，我们这群孩子就一窝蜂似地围上来，把放映机和发电机上上下下、左左右右、前前后后仔仔细细打量个遍，因为那一切都让我们感到那么神秘和好奇，就连发电机里散发出的汽油味都觉得特别好闻。

看够了这些，我们便开始在村子里奔走相告，一传十，十传百，不一会儿，村里来放映队的消息就像插上了翅膀，飞到了各家各户，整个山村一片欢腾。我们个个眉飞色舞，跑着跳着，欢呼雀跃地来到放映场地，开始抢占好的观影地盘。靠近放映机的地方可以说是最佳位置，谁都想占，为此我们争得面红耳赤，有时还会"大打出手"，平时非常要好的朋友立马变得就像仇敌一般。不过第二天俩人又无话不谈，好像昨天根本没发生什么冲突一样，又变得亲密无间起来。我们会垒起长长的石台子，供家人和自己当板凳坐。这些石台子占据了大半个放映场地，就像一条条"长城"，显得十分壮观。

夜幕降临了，男女老少陆陆续续赶来了。放映之前，村支书坐在放映机前，手持话筒，开始讲话。在灯光的照射下，只见他红光满面、神气十足，讲的内容大体就是上级指示、村规民约、邻里关系、防火防盗之类的事情。他讲得慢条斯理、抑扬顿挫，而且越讲越来劲。有人实在憋不住了，禁不住对他说："支书，您歇歇，让大家伙看电影吧。"不少人也随声附和，他这才恋恋不舍地放下话筒。

放电影了，喊喊喳喳的声音戛然而止，全场顿时鸦雀无声，人们睁大了眼睛，开始全神贯注地盯住电影屏幕。我们正看得兴致勃勃，精彩的画面突然不见了，银幕顿时变成白花花的一片，电灯也霎时亮了起来。噢，原来是该换片子了。放眼望去，人山人海，黑压压的一片。这时，人声开始鼎沸起来：有爷爷唤孙子的，有孩子喊爹娘的，有熟人打招呼的，又谈论电影内容的……各种声音掺杂在一起，汇成了欢乐的海洋。顽皮的我们有时会把手插进放映机射出的光束里摇摆着，投影便落在了银幕上，看电影的人都能看见，我们真是恣极了！

不光在本村，就是周围几个村来了电影放映队，我们也要成群结队去享用一番。在外村就没有本村那么幸运能占到一个较好的位置了，因为吃过晚饭要步行去，这就得花上较长的时间，所以到那儿的时候好位置早让别人占去了，自己只能找一个离银幕很远的地方站着看，要是前面有个子高的人挡着就更倒霉了，这种时候必须从人群的夹缝里歪着头看，看时间长了，往往会腿麻脖子酸。有时干脆到银幕的背面去看，离电影画面倒是近了，不过画面和下面的字幕却成反的了，但是我们还是看得不亦乐乎。

那时看的电影一部分是黑白的，一部分是彩色的，大都是战斗故事片，这也是我的最爱，如《地雷战》《地道战》《红日》《车轮滚滚》《小兵张嘎》《两个小八路》《渡江侦察记》《钢铁战士》《上甘岭》等等。一些扣人心弦的故事情节和一些经典的台词早就烂熟于心、耳熟能详了。这些英雄人物的革命乐观主义精神、坚韧不拔的毅力和战胜困难的决心一直鞭策着我、激励着我，让我终生受用。

光阴荏苒，随着电视的普及和电脑的出现，在农村看露天电影早已淡出了我们的视野，但我还是会时常在脑海里像过电影般回忆起过去，精彩呈现、历历在目，温暖着我的心窝。

（发表于 2018 年 3 月 14 日的《临沂日报》）

游累了，我们就让身体浮在水面上，两只手臂轻轻地划着，两条腿缓缓地蹬着，让自己在水中慢慢前行。仰望着瓦蓝的天空，看着在空中翱翔的鸟儿，好不悠闲自在！

我出生在一个偏僻的小山村，有条小河宛如玉带从村子北面蜿蜒穿过。小时候，我常和玩伴们去河里游泳。

那时，我们学游泳基本上是无师自通的，大约七八岁时，我就开始学游泳。一开始，我们几个年龄相仿的孩子到河沟里去游泳，最开始学游泳的时候，头和身子都是埋在水里的。过了几天，我的头就渐渐地仰出水面会换气了。为了尽快掌握游泳技术，我们有时会把长裤的两条裤褪扎起来，放在水里弄湿，再朝裤子里吹满气，按进水里，然后趴在上面，游起来就会非常省力。

后来，我的游泳技能渐渐提高，除了狗刨，我还学会了仰泳、蛙泳、蝶泳等姿势。一个猛子扎下去，我能憋很长一段时间的气，游很远的一段距离。那时河里的水很清澈，我们潜在水中，还能看见绿茸茸的青苔和游弋在石缝中的小鱼小虾。每当游累了，我们就让身体浮在水面上，两只手臂轻轻地划着，两条腿缓缓地蹬着，让自己在水中慢慢前行。仰望着瓦蓝的天空，看着在空中翱翔的鸟儿，好不悠闲自在！

小河的北岸有一座磨坊，磨坊的房顶高出水面七八米。有胆子大的孩子爬上房顶，站在房顶的边沿，纵身一跃，便扎进了水里。当身体接触到水面时，只听到"扑通"一声，激起朵朵晶莹的浪花，看起来非常壮观。看到跳水者钻出水面时那洋洋自得的样子，我开始摩拳擦掌，跃跃欲试起来。我小心翼翼地爬上房顶，站到边沿上。虽然心里有些害怕，但是我还是把心一横，闭上眼睛就跳了下去。当我钻出水面时，感到安然无恙时，就用手把脸上的流水一抹，露出了自豪的笑容。

在炎热的夏天，我们几乎天天都要在水中嬉戏。有时，我们还要打水仗。打水仗时，我们往往分为两队，用手掌溅起水猛击对方。对方撑不下去了，就会逃到岸上。有时，对方一个猛子扎到水里，然后悄悄地露出头来，杀个"回马枪"，"战争"便再次打响，我们再沉着还击，直到对方无人应战。

在水中嬉戏的时间总是过得飞快。待夕阳西下，我们才会钻出水面，爬到岸上连续跳跃几下，歪一下头，耳朵里的水就流出来了。最后，我们再穿好衣服，四散而去。

多姿多彩的童年宛如一部有趣的书籍，在这暑气逼人的夏日，每翻到"游泳"这一章节，我心中便顿时生出几分凉意，无比清爽。

（发表于 2017 年 7 月 9 日的《东方烟草报》）

　　每当回忆起夏日在河里捉鱼时的情景，我仿佛又回到了天真烂漫的童年时代，似乎唇边还依然存留着吃鱼时的那股鲜香味儿……

　　故乡的北面有一条小河，它弯弯曲曲的、像长蛇一样由西南向东北流淌。小时候，小河成了我们这帮孩子不可或缺的乐园，游泳、摸鱼、捞虾、捉螃蟹、溜冰……让我们乐不可支。

　　夏季，故乡经常大雨滂沱，小河水位上涨，再加上水温适宜，鱼儿变得异常活跃，长得也快，此时正是捉鱼的好时候。

　　那时，我们捉鱼的方法很多，在这里我就介绍一下当时常用的几种方法。

　　用鱼钩钓鱼。在那时，还没有现成的钓鱼竿，所以我们要自力更生动手去制作。往往是找一根棉槐条子做鱼竿，上面缚一根母亲做针线用的细线，再用秫秸梃子做浮子，把大头针绾成钩作鱼钩，再用剪刀剪成两个倒刺，捉几条蚯蚓做鱼饵。我们找一片鱼儿经常出没的水面撒些麸子，让鱼儿聚拢在一起，这叫"喂窝子"。钓鱼要有耐心，但少年心性的我们常常钓一会儿就厌烦了，于是把鱼竿撂到一边，做别的事情去了。

用大锤震鱼。我们有时会把家里的大锤扛到河里，用力抡起来，朝水中的石头用尽力气砸下去。如果下面有鱼，翻开石头，就会看见震晕的鱼儿，它们就像喝醉了酒一样，这样鱼儿轻而易举地成为我们的"囊中之物"。

用粘网捕鱼。先把粘网的一端固定在河岸上，再把粘网扯到对岸，再固定好粘网的另一端。我们站在岸边，看到鱼群游过来了，连忙把几块石头投到水里，此时，惊慌失措的鱼儿就会撞网，有的会卡在网眼里，这时把鱼儿取下来便是了。

围池捉鱼。我最喜欢这种捉鱼的方法。我们会选择一片水浅并且朝阳的地方，用沙石围成一圈，这样就形成了一个水池。围池时，要留下一个缺口，和小河相通。中午时分，太阳火辣辣地照着，因为小鱼喜欢水温高的地方，所以这时会有成群的鱼儿在浅水中出没。我们顾不得太阳的暴晒，站在离水池较远的地方，弓着腰，一动也不动，眼睛死死地盯住那缺口处，就像"守株待兔"。如若发现鱼儿从缺口处钻进了水池，就会以迅雷不及掩耳之势，飞快地跑过去，连忙把缺口堵住。这样鱼儿就成了"瓮中之鳖"，想逃都逃不掉了。

最后，我们会用柳条把捉到的鱼儿串起来，带回家。母亲往往会拿来剪刀，剖开鱼腹，掏出内脏，将鱼清洗干净，再放进锅里，油炸、清蒸、烧汤，怎么弄怎么都透着一股鱼儿特有的香味，让我大快朵颐。

每当回忆起夏日在河里捉鱼时的情景，我仿佛又回到了天真烂漫的童年时代，似乎唇边还依然存留着吃鱼时的那股鲜香味儿……

（发表于 2016 年 5 月 20 日的《中国铜都报》）

难忘儿时的度夏时光

　　在儿时，可以这样说，在物质上我们是贫穷的，但在精神上我们又是富有的。在这炎热的夏天，一想起那段美好幸福的度夏时光，往事历历在目，一股凉意便从心底涌起。

　　小时候，我生活在一个偏僻的小山村，物质非常匮乏，老百姓的日子过得很拮据，一分硬币都恨不得掰成两半花。每当酷夏来临，烈日卯足了劲儿把过度的热情献给人间，大地都渴得张开了嘴巴。小狗儿伸着长舌头喘着粗气，蝉儿声嘶力竭地嚷着，树叶无精打采地打着蔫儿。而我们一帮孩子正光着屁股，在一棵老槐树下玩耍，有人见了我们直喊"光腚猴子"。我们也不害臊，既不跑也不躲，因为我们早已习以为常了。

　　那时，我们那里还没通电，风扇、空调等取凉设备根本就谈不上。当时的消暑利器就是蒲扇，用手攥住柄部，不停地摇着，不用时往腰后一插，非常方便。有许多人为了省钱，就自力更生，用自家的麦秸来编制扇子。而年轻人爱美，因嫌蒲扇土，常常买一把折扇，放在胯兜里。他们爱显摆，只见他们把折扇潇洒地一甩，"唰"的一下便打开了，再潇洒地一合，"啪"的一下便收起了。我们这些孩子很羡慕，所以也想用折扇，大人不给钱，我们就自己动手，用一张大白纸来来回回折上一二十道，再对折起来，一把自制折扇就做成了。对待自制的折扇，我们也会敝帚自珍，用它扇着凉风，心里得意极了！

早上做饭时，母亲会盛上一瓷盆热开水。我家院子西南角有一棵桑树，母亲每次会摘取三四片桑叶，放在锅门脸的火上来来回回一反一正地燎烤。等把桑叶烤黄了，就放到瓷盆里的热水里，再用盖顶子盖住。等水凉透了，盛上一碗，咕咚咕咚喝下去，顿时感觉甜滋滋、凉丝丝，可以和现在的饮料媲美了。有时，我们会跑到代销店，花一两分钱买点白色颗粒状的糖精，再找一个瓶子，倒满凉开水，放上一两粒糖精。然后把瓶盖钻一个孔，塞上一根细管状的塑料扎头绳，将瓶子拧紧。等糖精完全熔化了，吸在嘴里，甜丝丝的，也挺过瘾。当卖冰棍的骑着自行车来了，几声清脆嘹亮的叫卖声传进我的耳鼓，这时我便向母亲要钱。母亲十分节俭，有些舍不得。但在我的左缠右磨下，母亲终于从胯兜里掏出系成一团的小手绢，一层又一层地打开，便露出一些成分的硬币与毛票，捏出一枚五分的硬币递给我。我兴高采烈地跑出来，把钱交给卖冰棍的。他掀开白色木箱的上盖，扯开棉被，掏出一支冰棍递给我。我迫不及待地撕开包装纸，把冰棍送进嘴里贪婪地吮吸着，一阵冰凉的甜味滑到心底，真是酣畅淋漓、飘然若仙。吃完冰棍，又把竹棒舔了又舔，这才恋恋不舍地扔掉。

村子的北面有条小河蜿蜒流过，我们在里面游泳、摸鱼、捞虾、抓蟹，玩得不亦乐乎！整个夏天，我们这帮孩子几乎天天泡在水里。我喜欢潜泳，一个猛子扎下去，能憋较长一段时间的气，游很远的一段距离。那时河里的水很清澈，我们潜在水中，还能看见绿茸茸的青苔和游弋在石缝中的小鱼小虾。有时，我们还会打水仗。打水仗时，我们往往分为两队，用手掌溅起水猛击对方。对方撑不下去了，就会逃到岸上。有时，对方一个猛子扎到水里，然后悄悄地露出头来，杀个"回马枪"，"战争"便再次打响，我们再沉着还击，直到对方无人应战。在水里游够了，我们常常选择一条朝阳的小河汊，用沙石围起来，留一个与小河相通的缺口。我们在远处死死地盯着，如果看见一群鱼儿钻进了缺口，就会以迅雷不及掩耳之势，飞快地跑过去，连忙把缺口堵住。鱼儿变成了"瓮中之鳖"，想逃都逃不掉了。有时，我们手持着一根长竹竿，一端绑着一个铁圈儿，上面缠满了密密麻麻的蜘蛛网，随后来到一片树林。这里是蝉儿们的娱乐阵地，它们正演奏着交响乐。我们发现了趴在树干的目标，便蹑手蹑脚地靠过去，举起长竹竿，猛地扣过去，蝉儿便罩在蜘蛛网里，死命地挣扎，就是逃脱不了。

到了晚上，这里的蚊子特别多，就像在开家庭会议，吵吵嚷嚷的，一不留神，身上就会被叮一个大包。那时不像现在，驱蚊有蚊香、杀虫剂之类的东西，不过那时的我们也有熏蚊利器，那就是用栗花编成的"大辫子"，并且还环保。点燃了这东西，氤氲的青烟在袅袅上升，散发出馥郁的香气，特别好闻，不过对蚊子特敏感，它们一闻到就灰溜溜地逃走了。在家里呆着，感到特闷热，我们就抱着苫子、藤席和被单，来到村子东南头的一片石岗地乘凉。这时，已经陆陆续续来了好多人，好不热闹！大人们拉着家常、谈着农事，而我们这帮孩子做着游戏。有时，萤火虫点着"灯笼"，也来光顾，我们捉上几只，塞进一个小瓶里，闪烁的亮光，映绿了我们的脸庞。其中有一位我管他叫四爷爷的老人，走过南闯过北，是个"故事篓子"。一听到他开始讲故事了，我们就会聚拢过去，托起腮帮，全神贯注地聆听。缥缈的夜空是那么美妙，繁星在眨着眼睛，很羡慕地看着我们。从牛郎织女的故事中，我们认识了天河、牛郎星、织女星和扁担星。纳凉差不多了，一部分人回家了，而我和其余的人铺上苫子，摊开藤席，睡在石顶上。有时一两只蚊子来袭，我就用被单从头到脚"全副武装"起来。渐渐地，我便进入了梦乡。

在儿时，可以这样说，在物质上我们是贫穷的，但在精神上我们又是富有的。在这炎热的夏天，一想起那段美好幸福的度夏时光，往事历历在目，一股凉意便从心底涌起。

（发表于 2016 年 7 月 31 日的美国《伊利华报》）

温暖的草褥子

有厚实柔软的草褥子垫底，躺在被窝里显得格外暖和，当然觉得寒夜也不是那么漫长了。早晨醒来，把脑袋伸出来的时候，顿感到寒气逼人，就赖在被窝里不想起床了。

冬天来了，气温骤降，我居住的小区通上了暖气，呆在屋里感到暖融融的。每到这时，我就想起了小时候取暖用的草褥子。

在那时，我们这里农村还没通上电，在漫长而寒冷的冬季，当然也用不上电热毯了。那时，几乎家家户户就会做些草褥子铺在床上，用来御寒取暖。

冬天来临之前，父亲便来到县城的集市上，扯上一些白洋布，带回家中。母亲便开始忙碌起来，她把这些布剪成几块，缝成筒状备用。

找个艳阳高照的天气，母亲背上粪箕，来到自家的麦穰垛前，撕下麦穰，塞进粪箕。当麦穰塞满了粪箕，母亲背着它来到一个朝阳的大石面上，然后撕下麦穰，摊开。就这样，母亲来来回回跑了好多趟，看麦穰差不多够用了，这才罢手。晒过一段时间，母亲就用木叉挑挑翻翻。

和煦的阳光在金黄而又柔软的麦穰上跳跃，也晒去了潮气，更晒走了虫子，晒死了虫卵。

母亲把晒好的麦穰运回家，装到缝好的被筒里，用针线缭上开口的部分，草褥子就做成了。母亲把床上的被褥抱到一旁，再把草褥子放上去，摊开、弄平。

冬夜的室外天寒地冻、北风刺骨，这个时候我们这些孩子不大喜欢出门了，大都猫在家里，铺有草褥子的床常常成了我们的"表演"舞台。吃过晚饭，点燃床前的煤油灯，我们便脱下鞋子，窜到床上，感到软绵绵的，真是舒坦。我们在上面跳啊、滚啊、打啊、闹阿，玩得不亦乐乎，满屋的欢乐与笑声仿佛要把屋顶撑开。

这时，大人们也经常围坐在床沿上，观看我们的"表演"，幸福的笑容常常洋溢在他们的脸上。当我们玩够了、耍腻了，爷爷有时就会讲民间故事给我们听，奶奶有时说谜语让我们猜，爸爸有时唱革命歌曲给我们听，妈妈有时教我们儿歌，这让我们增长了不少知识。一家人在一起显得其乐融融，温暖的气氛弥漫整个房间。

有厚实柔软的草褥子垫底，躺在被窝里显得格外暖和，当然觉得寒夜也不是那么漫长了。早晨醒来，把脑袋伸出来的时候，顿感到寒气逼人，就赖在被窝里不想起床了。大人往往喊上好几遍，但我们都无动于衷，直到看到大人的确生气了，我们这才恋恋不舍地爬出被窝，穿上衣服。

随着社会的发展，人民的生活水平不断提高，在冬季床上铺草褥子取暖的日子也一去不复返了。不过，一旦回想起来，还是感到那样的亲切与温馨。

（发表于 2017 年 1 月 13 日的《劳动午报》）

难忘穿：鞋
呱哒：的岁
月呱哒：

　　一到夏天，出来瞧瞧吧，大人小孩的脚上大都穿着一双"鞋呱哒"，形成了一道朴素而雅致的风景线。"鞋呱哒"非常结实耐穿，无论下地干活、雨里行走，还是去水里摸鱼，穿着它都挺担事。

　　随着天气越来越热，穿凉鞋的人逐渐多起来。当下，人们穿的凉鞋大都是真皮的，但在我小的时候，可连见过都没见过。那时正处在一个物质匮乏的年代，能穿上一双塑料凉鞋就比较不错了，足以让好多人心生羡慕。在当时，当地老百姓大都穿着一种自制凉鞋，被称之为"鞋呱哒"，也有人称其为"呱哒子"。因穿着这种鞋，会发出呱哒、呱哒的声响，"鞋呱哒"的叫法便由此而来。

　　"鞋呱哒"类似于拖鞋，在那时几乎家家户户都会做。常先用一条废弃的独轮车或地排车车轮外胎，比照着鞋样子，用剪子铰成一双鞋底。还有些人干脆找一双穿坏帮的胶底鞋，铰掉鞋帮直接留用鞋底。再用那些软些的胶皮铰成两根长条，从每根长条的一端的正中铰起，铰到长条的中央便停剪，把铰好的长条斜插成"X"状。有的图省事就不铰，直接把两根长条一上一下成"X"状放在一起，钉上一根钉子了事。把鞋底放置在钉拐子上，把做成"X"状的两根胶皮长条的两端用钉子固定在前脚掌的位置做鞋帮。钉钉子时，钉子会穿透胶皮和鞋底，遇到钉拐子便会弯曲，从而保护脚底不会被钉子刺伤。值得注意的是，钉子的底端一定要敲平，紧贴长条，以防磨脚。再用同样的钉法，把一块方形的胶皮固定在后脚掌的位置做鞋跟。有人怕不跟趟，还会在鞋跟上钉一根胶皮鞋带。

说实话，"鞋呱哒"看起来的确不美观，甚至可以说土得很。但在当时，填饱肚子是硬道理，人们是怎么省钱就怎么来。可以说，做"鞋呱哒"的材料大都用的是不用花钱的废料，也就花点钉子钱，买几分钱的就够了。

"鞋呱哒"虽然不好看，但是十分结实，耐磨耐用。一双"鞋呱哒"，穿个三五年没问题。当钉子磨掉了、胶皮整松了，自己修补一下就成，简单得很。在当时，可以说"鞋呱哒"是绝大多数人生活中的一种必备品。一到夏天，出来瞧瞧吧，大人小孩的脚上大都穿着一双"鞋呱哒"，形成了一道朴素而雅致的风景线。"鞋呱哒"非常结实耐穿，无论下地干活、雨里行走，还是去水里摸鱼，穿着它都挺担事。

当地人自制的这种凉鞋，既经济又实用，在炎热的天气里，穿在脚上，让人感到凉爽而舒适，非常适合当时的需要。

如今，"鞋呱哒"早已退出了我们的生活舞台，现在只能作为一种历史符号留在美好的记忆中了。

（发表于 2016 年 4 月 29 日的《大河健康报》）

崔老师是我们的班主任，也是我们的全科老师。在教室外，他让我们按高矮个排好队。瞧吧，男生极大多数都是光着屁股的，绝对是一道亮丽的风景，让见了的人无不忍俊不禁。

又是一年开学季，朋友圈里满屏都是家长们送孩子去上学的画面，这让我想起来刚入小学的情景。时间过得真快，不知不觉一晃就快四十年了。

那时候，在我们农村既没有幼儿园也没有学前班，都是直接入学上一年级。当时正处在一个缺衣少食的年代，在大热天里，孩子们光着屁股在大街上玩耍比比皆是、不足为奇。

记得有一天，我们几个光腚的孩子正在一个胡同里玩泥巴，一位我叫他大伯的中年人领着一个陌生人来到我们面前。大伯介绍说，这是崔老师，你们都到了入学的年龄了，明天早上就要到学校上学去。我们异口同声地说："不去。"崔老师说："不去可不行，没文化会吃亏的。"他们走后，小军抓起一把沙子朝他们撒去："说了一声，上学不好玩，反正俺不去。"

听说我要上学了，母亲找来一块本地布，连夜为我缝制了一个书包，里面装上一支铅笔、一块橡皮和两本演草本。

第二天吃过早饭，我穿着哥哥穿过的一件小红背心，下身光着，由母亲领着向学校走去。走在半道上，就看见小军哭哭啼啼的，嘴里喊着："我就不上学。"他的父亲便揪着他的耳朵，拉扯着他往前走。母亲看不下去了，忙说："大哥，你不能这样。小军，上学可好了，能学到好多东西，再说你的伙伴都上学去了，如果你一个人呆在家里多没意思啊！"在母亲的劝说下，小军终于痛痛快快地跟我们一起向学校走去。

我们终于到达了目的地。说是学校，却连个院墙都没有，只有三口教室杵在一片空地上，周围都是庄稼地。我们一年级的教室在西头，二年级在中间，三年级在东头。教室是用石头砌成的，屋顶是用麦秸苫的。

走进教室，墙皮是用泥巴糊成的，地面是用泥土垫平的。西山墙上镶嵌着一块黑板，是用水泥做成的。老师的讲台是一张破破烂烂的木桌子，上面的漆早已脱落，花花搭搭的，轻轻一碰，就会晃动。课桌是用石头垒成的台子，上面铺上石板而成。学生坐的是用木头做的条凳，一条能坐俩人，一切看起来都十分简陋至极！

我们村是一个只有几百人的小山村，所以我们一年级新生只有二十多人，全校也只有三个老师，一个老师教一个班。崔老师是我们的班主任，也是我们的全科老师。在教室外，他让我们按高矮个排好队。瞧吧，男生极大多数都是光着屁股的，绝对是一道亮丽的风景，让见了的人无不忍俊不禁。然后崔老师一个一个地叫着名字，我们依次走进教室，排好座次。在朗读课文时，崔老师常常拖着长腔，我们也就拖着长腔跟着读，显得十分有趣。

课外活动时间可热闹了，校园里到处洋溢着学生们的欢笑声。有的跳绳、有的踢毽子、有的掷沙包、有的拾石子……学校的南面有两块巨石，有的做起了"抢山头"的游戏。首先登上巨石顶上的就是"山主"，他在上面大喊："我的高山不叫上，上来就打仗。"在巨石下面的同学就围着他，或推或拉，让他下去。他就张开双臂，左右抵挡，不让下面的同学上来。有的同学把他弄下来了，有人便上去了，那人就是"山主"，如此往复。草丛里不时有蚂蚱在跳跃，有的就会蹑手蹑脚地走过去，伸出右手，把手掌往地上一扣，蚂蚱便被罩住了。路边上的苍耳长得枝繁叶茂，有的就会摘下一些种子往别人的头上掷。因为苍耳的种子上有钩刺，很容易粘到头发上。还有更调皮的，把粘到头发上的苍耳种子使劲揉一揉，那就粘得更紧了，摘下来得花一番功夫，有时扯得头皮生疼，一些头发也会被扯掉。

岁月流转，我已不再是那个青涩的少年，但每当开学季来临，心中总会涌起一股难以言喻的情感。那些关于旧时开学季的点点滴滴，如同璀璨星辰，镶嵌在我记忆的夜空中，熠熠生辉，让我铭记至今。

（发表于 2017 年 9 月 7 日的苏里南《中华日报》）

　　乡村那醉人的夏夜，儿时的那份纯真和浓浓的乡情，都沉淀在记忆深处，在我的心底永存一片宁静与清凉。

　　小时候，我生活在一个偏僻的小山村。夏季的夜晚，闷热得很，我家低矮的老屋像个大蒸笼，细密的汗珠布满我的额头。蚊子嗡嗡乱飞，叮在身上特疼，立马鼓起一个大包。那时村里还没通电，更谈不上电灯和风扇了，只有一盏遍身油腻的煤油灯在摇曳着昏暗的光晕。

　　吃过晚饭，哥哥把苫子和藤席卷在一起扛在肩上，朝门外走去。我抱着被单尾追其后，蹦着跳着，兴高采烈地吆喝着："出去凉快去喽！"

　　我们来到村东南的石岗地，这里分布着密密匝匝的石灰岩。这些石头大都有一部分裸露在地表，另一部分埋藏在地下，顶部多是一个较平坦的平面。我们把苫子放在石顶上摊开，铺上藤席，往上一躺，凉丝丝的，真是舒服！微风一旦拂来，那就更妙不可言了。

浩淼的夜空，繁星在眨着眼睛，偶尔有流星划出靓丽的弧线，给璀璨的夜空更增添了几分情趣。许多昆虫一齐歌唱，仿佛交响乐团在演奏。偶尔有几只晶莹透亮的萤火虫会闯过来，于是我们急忙跑上去捕捉。我们把捉到的萤火虫放到一个小瓶里，持在手里端详，一闪一闪的，把我们的小脸蛋都映绿了。忽然，树上传来一阵蝉鸣，一个调皮的年轻人连忙跑过去，朝着树干猛踹一脚，蝉儿哧溜一声就不知遁到哪里去了。

来乘凉的人三三两两的越聚越多，这里也变得越来越热闹。一位我叫他大伯的老者光着膀子，坐在一块石头上，嘴里衔着一根长长的烟袋，正兴致勃勃地吧嗒着。他走过南，闯过北，见多识广，还为淮海战役推着小车支援过前线。他手指着夜空，教我们认识牛郎星、织女星和天河，又向我们讲起了牛郎织女的美丽传说。我们托着腮帮、屏住呼吸，听得津津有味。

大人拉着家常，聊着农事，而我们这群孩子则靠着一块长条石的边缘，坐成一排，伸出右腿，脚掌朝外，做起了有趣的游戏。一位玩伴站在我们的前面，一边唱着《踢板脚》的歌谣，一边依次踢着每个人的右脚掌，歌谣的唱词是："踢踢踢，踢板脚，板脚南，好种田；板脚北，种荞麦，荞麦开花一片白；豌豆开花紫红色。哥哥姐姐，骑马卖菜，狗腿猫腿，伸只蜷只。"从左踢到右，再折回来，从右踢到左，站着的那位同伴每唱出一个字，就踢一下其中一人的脚掌。从这首歌谣的开头第一个字"踢"踢起，到末尾"只"字结束，这时挨踢者要立即把脚缩进去，不能及时缩脚就会被踢到，接下来，要接受处罚。受罚者一般是唱歌，那是我们常唱的大都是红色歌曲，如《东方红》《我爱北京天安门》《没有共产党就没有新中国》《社会主义好》《学习雷锋好榜样》等。不会唱歌的怎么办呢？那就要学狗叫。只见受罚的那位拱着身子，撅着屁股，四肢着地，"汪汪"地叫起来。受罚者憨态可掬的滑稽相，常逗得我们前仰后合，引来笑声一片。第一轮结束后，受罚的随意找个位置再坐在我们中间，第二轮重新开始……

夜越来越深，一部分人陆陆续续回家去了，我和另一部分人则睡在了石顶上。不时有几个蚊子来袭，我就用被单从头到脚全副"武装"起来。渐渐地，我便酣然入梦了。

后来，村里通上了电，家家户户都安上了风扇，有的还装上了空调，在户外集体乘凉的情景已很罕见了。不过，乡村那醉人的夏夜、儿时的那份纯真和浓浓的乡情，都沉淀在记忆深处，在我的心底永存一片宁静与清凉。

（发表于 2016 年 6 月 21 日的《大河健康报》）

第三辑

青葱岁月

　　那段在牛棚里上学的岁月，虽然条件异常艰苦，但是我们还是非常
乐观，其间不乏欢乐和笑声，照常学到了知识，为后来的学习打下了坚
实基础。

　　岁月是一部温馨的书，总让我爱不释手，则小时候在牛棚里上学的
"那一页"，我常常去"翻阅"。

　　二十世纪七十年代末期，我入了本村小学。当时的校舍是草房，屋
框是用石块砌成的，里面是用泥巴抹的墙，有几处地方出现了裂缝，成
了危房。到我上二年级时，大队决定把旧房推倒，在原址上建新瓦房。

　　重建校舍需要大半年时间，但是学生的课还要继续上。校舍没有
了，就必须另找地方，正巧第三生产队有几间废弃不用的牛棚，大队就
安排我们到那里去上课。

　　正月开学的时候，我们背着书包、拎着板凳，沿着蜿蜒崎岖的山

路，来到坐落在山坡上的牛棚。我们二年级三十多名学生被安置到中间的三间牛棚里。只见那棚顶是用麦秸苫成的，牛棚的后三面是用石头垒成的，墙上没有挂泥。透过墙缝，能看到外面的景致。而朝阳的一面是敞开的，西山墙的中央镶着一个木橛子，上面挂着一面木质黑板。黑板前面摆着一张破课桌，上的油漆大都脱落了，花花搭搭的，这便是讲台了。再往前就是一排排的课桌，下面是用石头砌成底座，上面用一块块水泥板铺设而成。

我们的班主任是崔老师，他也是我们的全科老师，此时的他站在牛棚的外面，让我们按高矮的顺序站好队，一个个地叫着名字，依次进入牛棚，排好座次。崔老师在朗读课文时，往往拖着长腔，于是我们也学着他拖着长腔，摇头晃脑地跟着读，显得非常有趣。至今回想起来这情景，还让我忍俊不禁。

初来牛棚时，天气还非常寒冷，冻得我们直打冷战。所以课前或课后，我们经常跺跺脚、热热身。到了夏天，里面便会变得非常闷热，我们常常热得汗流满面。牛棚里还散发着一些牛粪的异味，会招来许多苍蝇，在我们的耳边嗡嗡作响，有时还会趴在我们的脸上来捣乱。

特别遇到大雨天，更是糟糕！南面往里溜雨，北面的墙壁上洇水，靠南面的同学只好往北去，靠北墙的同学只得往南来，所以我们常常侧着身子挤在一起将就着上课。在牛棚里上课，境况可谓恶劣，但是一切都按部就班、有条不紊，并未耽误我们的学业。

坐在牛棚里，不经意间，抬头向南望去，上面是瓦蓝瓦蓝的天空，空中飞翔着自由自在的小鸟，田里长着绿油油的庄稼，还有绿树红花。有一次，我们正在上课，一只顽皮的麻雀飞进了牛棚，在其间来回穿梭，我们不由自主地欢呼起来。一个调皮的同学还站起来，伸出双手要去捉。崔老师愣了一下，接着大喝一声，我们顿时安静下来，牛棚里变得鸦雀无声。再看那只麻雀，只见它打了一个旋儿，"刺溜"一声，便窜出牛棚，飞向了远方。

过完暑假，秋季开学的时候，我们就搬进了宽敞明亮的新校舍，牛棚又恢复了往日的宁静。想想那段在牛棚里上学的岁月，条件虽然异常艰苦，但是我们还是非常乐观，期间不乏欢乐和笑声，也学到了许多知识，为后来的学习打下了坚实基础。

（发表于 2016 年 3 月 23 日的《劳动午报》）

小人书的记忆

通过阅读小人书，我的作文水平大大提高。那时，我的作文写得还不错，经常被当作范文在课堂上读给同学们听。潜移默化的力量是巨大的，后来我爱上写作，可以说，小人书功不可没。

此刻，我泡好了一杯茶，坐在书房里，欣赏着一本收藏的小人书，不时啜上一口茶，和温馨的少时对接，跟纯净的心灵对话。

二十世纪七八十年代，那时物质条件还比较匮乏，我家的日子过得很拮据。我出生在一个比较偏僻的小山村，当时家里没有什么藏书，只有十几本小人书，它们成了我的挚爱。没事的时候，我经常翻阅，因此小人书的上下角都卷了起来。有时，哥哥会在小人书上教我识字，我还真学会了认不少字哩！

上小学了，我从同学的手里看到了更多的小人书。记得那时，谁要是带了一本小人书到学校里去，大家就会一窝蜂似的围上去，争抢着要看。一本小人书常常被整个班级的同学传阅，当小人书的主人再拿到手里时，往往会面目全非，缺边少角。当我考出优异成绩，把"三好学生"奖状捧回家时，父亲就会笑得合不拢嘴。父亲知道我爱看小人书，每每到县城办事时，就会顺便买上一两本作为对我的奖赏，这足让我兴奋好几天，在学习上就更加努力了。

记得有一次，我的一个邻居，也是我的玩伴到我家玩，我把一摞小人书拿出来给他看。当时，我正被小人书里引人入胜的故事情节所吸引，全然不知他是什么时候走的，后来我猛然发现《两个小八路》和《鸡毛信》这两本小人书不见了。这些小人书可都是我的宝贝，尤其这两本更是宝中之宝，常常让我爱不释手，我想一定是他拿去了，于是我撒腿就往他家里跑。我质问他时，他却说没拿，他妈妈也为他帮腔，说我诬赖好人，并狠狠打了我一记耳光，我哇哇大哭起来。后来母亲听到了，赶忙从家里赶来了。我拉着母亲正要上前理论，母亲却一边拽住我，一边向他们道歉。母亲把我拉回家，我感到委屈极了，就把事情的原委告诉了母亲。说完了，我又要到邻居家要小人书，母亲却劝慰我说，邻里关系重要，受点委屈没什么，不要因小失大。

后来，我在这个邻居家里玩耍时，果真发现了我那两本心爱的小人书。我还是不甘心，通过和他"谈判"，我拿两本日记本作为交换条件，换回了那两本小人书，爱物又"完璧归赵"，我那高兴劲就甭提了！

升初中了以后，我到县城就读，得住校。周日回校前，母亲往往会为我准备好一包煎饼和一饭盒的咸菜炒鸡蛋作为我一周的伙食。难能可贵的是，母亲还额外给我两块钱作补充。有时，一周的饭食不大够了，我也坚持少吃点，而不去买饭，为的是省下钱来买小人书。到了买小人书的时候，我变得异常兴奋，从学校飞快地跑到新华书店，这时心脏仿佛都要蹦出我的胸膛。在书店里，我真是挑花了眼，这本想买，那本也想要，最后再三思量，选最钟意的两三本买下。离开了书店，我还要恋恋不舍地回几次头望望。

通过阅读小人书，我的作文水平大大提高。那时，我的作文写得还不错，经常被当作范文在课堂上读给同学们听。潜移默化的力量是巨大的，后来我爱上写作，可以说，小人书功不可没。

虽然小人书早已淡出了人们的视野，但是它让我的童年充满了欢乐与希望，我也从中学到了一些知识和做人的道理，至今难忘，也令我刻骨铭心。

（发表于 2016 年 5 月 26 日的日本《阳光导报》）

母亲闻言痛快地说道:"一听到你落榜的消息时,我就有让你复读的打算。叫你去放鹅,就是想让你亲身体验劳动的艰辛,进而激发你的学习热情。至于复读费,你不用担心,我会想办法的。"

记得第一次参加完高考后,我的情绪非常低落,因为考得如何,我心知肚明,十有八九得落榜。当我垂头丧气地溜回家,母亲连忙问道:"考得怎么样?"我怯怯地小声回答:"不怎么样。"母亲听后便默默地走开了。

成绩出来了,果然不出预料,我名落孙山。母亲问:"你有什么打算?"我捂起耳朵不耐烦地吼道:"我烦透了,不知道!"母亲一阵沉默。那时家里正养了一群鹅,一百多只,于是母亲对我说:"整天憋在屋里也不是个办法,你去放鹅吧。"

吃过早饭,我手持一根棉槐条子,赶着鹅,浩浩荡荡地向北岭挺进。我把鹅们赶进一片绿草地，它们贪婪地争食起嫩草。我时刻瞪大着眼睛，观察着它们的动向，一发觉有脱离队伍的鹅，就马上截回来，以防丢失。

没过多久，鹅就吃饱了，在长颈上都鼓起了一条长长的结。它们张开翅膀扑棱着，兴高采烈地引颈高歌，于是我把它们撵到河里，让它们饮水洗澡。它们在水中自由地游弋、愉快地嬉戏。我却坐在一块石头上发呆，它们哪能知道我糟糕透顶的心情？因为鹅胃小肠短，吃得快消化得也快，所以不一会儿，便饿了。我又赶着它们上岭，吃饱了再下河，一天就这样得来来回回往返十多次。在那段日子里，我天天重复着这单调而又枯燥的工作。

炎炎夏日，骄阳似火，灼得我的肌肤红肿起来，火辣辣地疼。特别到了晚上，更是疼得钻心，我躺在床上，辗转反侧，难以入睡。没过几天，身上就褪下了一层皮，白皙的皮肤也变得黝黑起来。我深深地体会到了劳动的艰辛，悔不该当初花着父母的血汗钱却在学校里虚度光阴。

想起那时上晚自习，在几个同学的怂恿下，经常跑向电影院，攀过栅栏，逃票看电影。看完后再翻越学校的院墙，蹑手蹑脚地像做贼一般偷偷溜回宿舍。在第二天的课堂上，无精打采的我哪有心思再去听老师讲课，所以常常支起课本，遮挡老师的视线，偷偷地趴在课桌上打瞌睡。哎，早知如此，何必当初！亡羊补牢，未为迟也。我想复读的念头愈发强烈，可家里的窘况又让我难以启齿。

爷爷刚刚病故，母亲的身体一直不佳，经常吃药打针，家里已欠下一堆外债。要复读的话须向学校交纳一笔费用，我怎么好意思向大人开口？开学的日子一天天地逼近，复读的念头却一直在我心头萦绕。一天，我终于鼓起勇气向母亲讪讪地吐出："娘，我想复读，又怕家中没钱，您不答应。"母亲闻言痛快地说道："一听到你落榜的消息时，我就有让你复读的打算。叫你去放鹅，就是想让你亲身体验劳动的艰辛，进而激发你的学习热情。至于复读费，你不用担心，我会想办法的。"

怀揣着母亲东挪西借的复读费，我又踏入了学校的大门，开始了紧张而又忙碌的"高四"生活。一年后，当我接到大红烫金的大学录取通知书时，我流下了激动的泪水，终于体会到了母亲的良苦用心。

（发表于 2013 年 7 月 1 日的《新华每日电讯》）

把绊脚石变成垫脚石

在人生的道路上，我们常会遇到这样的绊脚石。而我始终以为，只要处理得法，绊脚石就可变成垫脚石，帮助我们攻克难关、走向成功。

二十世纪九十年代初，我在火辣辣的七月参加了高考。一个月后，我从老家坐上客车回到学校去看高考成绩。那时还是先报志愿后考试的形式，当我得知我的考分与报考院校的录取分只差两分时，顿时懊恼极了！我在暗暗地责怪自己，考试时如果多细心一点，就能考上大学了。

酷夏的天，就好像孩儿的脸，说变就变。刚才还是艳阳高照，忽然彤云密布，接着一阵电闪雷鸣，顿时下起了倾盆大雨。不一会儿，路面上便汇成了一条很深的水流。雨来得快，去得也快，下了不到一个小时，大雨骤停，太阳又露出了笑脸。

我怀着沮丧的心情走出了学校，来到东面的一个十字路口等车回家。我焦急地等待了半个多小时，还没见客车的影子。这时有人告诉我，前面的一座桥被大雨冲坏了，所以不通客车了，不过骑自行车或步行还能过去。人倒霉了，烧茶都糊锅，看来这三十多里路只能步行了。

我漫不经心地走着。走了十多里路，我就觉得腿有些吃不消了，像灌了铅似的，于是就放慢了脚步。突然，我的脚下被什么绊了一下，随后便摔倒在地，两手也被地面磨得通红，十分疼痛，不过还好没有流血。我慢悠悠地爬起来，低头一看，那是块三四十斤重的石头，可能是被洪水冲到路面上来的。心情不好的时候，石头都欺负人，想到这里，我便忿忿地往石头上跺了几脚。

此时的我又累又渴，实在不想走了，便坐在这块石头上歇息。我朝四周看了看，发现了路旁有一棵梨树，我想树上要是有挂的梨子就好了。我走到树下，仰头望去，真失望，梨子已被人摘走了。我又仔细观瞧一番，居然发现有一个又大又黄的梨子正藏在枝叶间。于是我用力往上跳去，没够到。再跳，还是够不到。怎么办呢？我又把目光投向了绊倒我的那块石头，走过去把它搬到树下。我站上去，又跳，哈哈，梨子被轻而易举地摘了下来。我大口大口地啃着梨子，真是又甜又解渴，身上仿佛增添了无穷的力量，让我继续向前赶路。

九月份，我开始了"高四"生活。在学校里，我学习更加努力，恶补自己的薄弱学科。第二年，我终于考上了一所比较理想的大学。

在人生的道路上，我们常会遇到这样的绊脚石。而我始终以为，只要处理得法，绊脚石就可变成垫脚石，帮助我们攻克难关，走向成功。

（发表于 2017 年 6 月 25 日的《东方烟草报》）

怀念贺年卡

面对这一张张印制精美、五颜六色的贺卡，看着熟悉的字体，读着情真意切的文字，喜悦、感动、欣慰之情便油然而生，一下子就拉近了与亲朋好友的时空和情感的距离，他们仿佛就在面前。

新年款款而至，亲朋好友之间免不了要互相一些问候和祝福。在网络发达的当下，人们主要是通过发短信、微信、电子邮件等方式来互致问候的。但在我的中学和大学时代，同学、亲友之间互送祝福常常是通过邮寄贺年卡的方式实现的。

那时，我就会跑到学校附近的商店，在花花绿绿的贺年卡堆里精挑细选一番，挑出我最中意的一二十张买下。回到教室后便趴在课桌上，托着腮帮在冥思苦想，想出自己感到最满意、最能表达心意的话语，然后一笔一划、工工整整地写在贺年卡上。费了好大功夫写好了，我又在这些贺年卡上板板整整地贴好邮票。

我带着贺年卡，骑上自行车，直奔邮局。邮局门前的邮筒，就像一位慈祥的老人在向我招手。我从自行车筐里取出贺年卡，一张接一张，小心翼翼地把它们投进邮筒。骑上自行车离开了，我还不时回头望望那邮筒。

而每当我收到从天南地北寄来的贺年卡，心中总有一种按捺不住的怦然心动。这些不同图案、不同色彩、不同情调的贺卡上面，有真挚的问候，有热切的赠言，有衷心的祝福，有诙谐的调侃。面对这一张张印制精美、五颜六色的贺卡，看着熟悉的字体，读着情真意切的文字，喜悦、感动、欣慰之情便油然而生，一下子拉近了与亲朋好友的时空和情感的距离，他们仿佛就在面前。

大学期间，我交了一位异性笔友，她曾给我寄过一张带音乐的贺年卡。当我拿到这张贺年卡时，感到万分激动，手都在颤抖。这张贺年卡制作精良，极有凹凸感。正面是白雪公主正载歌载舞，七个小矮人围着她欢呼雀跃。打开它，便听到一曲《雪绒花》，悦耳动听，让我陶醉。接着映入我眼帘的就是笔友娟秀的字体，令我神清气爽。这张贺年卡我保存了多年，后不时翻阅，一段温馨的回忆便会浮现在眼前，可惜后来却不知去向。

现在的这些新年祝福方式大都是"快餐式"的，看过之后很可能很快便在脑海里就不留痕迹了。而贺年卡却可以长期保存收藏，偶尔拿出来翻翻看看，那一幅幅精美的图案、一句句温馨的话语、一声声真诚的祝福……让人赏心悦目，如沐春风，回味悠长，刻骨铭心。

（发表于 2015 年 12 月 29 日的《中国铜都报》）

回到家，我把自己的小脚丫洗得干干净净，换上解放鞋。在屋内，我踱来踱去，不时看看脚上的鞋子，感到这鞋子既轻快又柔软，心里美滋滋的。

我在网上看到一条消息："近日，一双双样式美观时尚的黑色'小跑鞋'正式列装配发部队，标志伴随着武警部队发展壮大的'解放胶鞋'即将'光荣退役'。"这时，一种酸楚顿时涌向心头，在少年时代，毕竟我穿过好几年的解放胶鞋，对它有着特殊的情感。

解放胶鞋就是我们平时说的解放鞋。在那个物质匮乏的年代，当地老百姓脚上穿的除了自家做的布鞋外，大多数就是这种解放鞋了。解放鞋耐磨又轻便，质量比较好，而且价格低廉，深受大家的青睐。解放鞋显得非常"泼辣"，下地干活、出外办事、水里摸鱼，穿上它都挺担事，有的孩子去上学也穿着解放鞋。解放鞋可以说既经济又实用，非常适合当时的需要。

解放鞋一开始是军用，后来大量转为民用。在我小的时候，解放军受人尊敬，很受欢迎，姑娘们找对象都喜欢找解放军。当时我的理想就是长大了要当一名解放军，因为解放鞋与解放军有关，所以也想拥有一双。平时，我穿着母亲做的布鞋或只能打赤脚，于是就央求母亲给买一双。那时，家里日子过得十分拮据，一分硬币恨不得掰成两半用，母亲坚决不答应。我又索要了几次，所以母亲都是无动于衷。又过了几个月，家里卖了一头大猪，我的愿望终于实现了。在村口，我焦急地等待着母亲从集上归来。终于看到母亲出现了，我迫不及待地冲向前，一下夺过母亲手里的包，把崭新的解放鞋抖搂出来。我把解放鞋拿在手里，翻过来掉过去瞧了又瞧，真是爱不释手。我禁不住把鞋凑到鼻前，嗅了又嗅，那股胶皮味都觉得特好闻。回到家，我把自己的小脚丫洗得干干净净，换上解放鞋。在屋内，我踱来踱去，不时看看脚上的鞋子，感到这鞋子既轻快又柔软，心里美滋滋的。

我在县城的一所中学上初中，离家远，所以得住校。学校里，学生大都穿上了白运动鞋，很少有穿解放鞋的了，不过我还穿着。在宿舍就寝时，由于解放鞋透气性和透湿性都差，我一脱下来，一股令人窒息的、难闻的酸臭味便弥漫开来，不少同学捏起了鼻子，羞得我简直无地自容。我连忙把鞋子塞到苫子底下，趿拉着拖鞋，一个箭步跑出去，把脚放在水龙头上洗了又洗。周末一回到家，我就要求母亲给我买双白运动鞋。母亲说："手头紧，过些日子再买吧。"我气冲冲地说："现在就买，否则我就不去上学了。"母亲只好向邻居借了 10 块钱，让我带上回校，在县城里买。随着人们生活水平的不断提高，穿解放鞋的人也越来越少少，年轻人更是不待见它了。

上大学时，我们新生需军训，学校给每人发了一双解放鞋。看到久违的解放鞋，我感到特别亲切。穿上了它，顿觉双脚轻松有力，浑身上下充满了一股力量。在军训的这段日子里，这双解放鞋天天陪伴着我，能站好军姿、迈出整齐的步伐、踢出威武的正步，可以说它功不可没。后来，我也没舍得丢掉，便把它带回老家。有时回到老家，我帮父母干农活时，就会穿上它，感到脚下都很踏实。

朴实无华的解放鞋，伴随着我们走过了共和国的风风雨雨，承载着一段不平凡的历史，见证着时代的变迁，值得我们永久牢记与怀念。

（发表于 2015 年 7 月 23 日的《劳动午报》）

交公粮的人们象蜗牛一般向前蠕动。等我们挨到磅秤跟已是下午四点多了，我们把一袋袋小麦撂到磅秤上。

中学时代，我曾跟父亲交过一次公粮，至今记忆犹新、历历在目。

那是一天晚上，村干部在大喇叭上吆喝起来："各位村民请注意，乡里已下发通知，从明天开始我们得交公粮了，三天之内必须完成。有些人不要存在侥幸心理，想抗粮不交，那是抗不过去的。"

父亲是个老实巴交的农民，第二天吃过早饭，就拉出地排车，装上十几袋小麦。刨去交公粮的，小麦也就剩的不多了，的确让人心疼哪！因为那时学校放了暑假，所以我正呆在家里，母亲于是对我说："你爸爸去交公粮，你去给他打个下手吧。"当时我对交公粮感到既新鲜又好奇，便痛痛快快地答应了。

去乡里的路，要经过一个大长坡，父亲把车袢套在肩头，在前面使劲拉着，我在后面用力推着，不一会儿，我们俩便汗流浃背了，只是来到粮站，我们就用了两个多小时。这时骄阳似火，路面都快晒化了，烫得脚板生疼。来交公粮的人可真多啊，到处人头攒动，把粮站大院围得水泄不通，大路两旁也都站满了人。我们见地排车进不了粮站，只好停在路边一片树荫下支起。

这时，我嗓子里直"冒烟"，正巧来了个骑自行车卖冰棍的，我于是对父亲说："爸爸，我口渴。"父亲说："那就给你买支冰棍吧。"只见他从兜里掏出一个小手绢，小心翼翼地打开，哆哆嗦嗦地捏出一枚五分硬币，放到卖冰棍的手里。卖冰棍的打开木箱，揭开棉被，取出一支冰棍递给我。我剥开纸包装，吮吸起来，那真是又凉又甜！到了中午，父亲从地排车把上撸下茶缸递给了我，我挤进粮站，从伙房里打来热水，我们就着热水啃起了从家里带来的煎饼卷咸菜煎鸡蛋。

交公粮的人们象蜗牛一般向前蠕动。等我们挨到磅秤跟已是下午四点多了，我们把一袋袋小麦摞到磅秤上。父亲连忙掏出香烟递给粮站的两位工作人员。父亲的用意很明显，意思是让他们手下留情，少扣点水分和杂质。一位工作人员把像匕首样的探粮器捅进蛇皮袋子，再拔出来。他把探粮器槽里的小麦翻过来倒到手上，仔细看了看，捏了几粒放在嘴里咬了咬，说："质量不错，过称吧，少扣点水杂。"父亲悬着的心终于放了下来。过完称，我抱着一袋重量比较轻的麦子爬跳板，脚都在打颤，心里在想："做个农民，真不容易啊！"

后来，国家免了农业税，农民不仅不用交公粮，种地反而还给各种补助，父亲高兴地说："两千年多年的皇粮不仅免了，种地还能领钱，共产党真英明啊！"

再后来，农民种地的补助越来越高，还实行农村医保和养老保险，父亲心里乐开了花，自豪地说："现在老百姓种地给钱，看病报销，六十岁以后能领养老保险金，共产党越来越以人为本了，我真是越活越有滋味了。"

（发表于 2018 年 5 月 26 日的《粮油市场报》）

老师弯下身子，把我穿的校服五粒纽扣从上到下一粒粒地、板板整整地扣好，讲台下面顿时响起了雷鸣般的掌声。我的眼睛湿润了，暗暗下了决心：一定要痛改前非，发奋读书，混出个人样来。

从初中考入高中时，起初我学习成绩还不错，在班里能排第十名左右。那时，班主任按名次排位，学习好的能排到一个好位子，学习差的、调皮捣蛋的往往会被排到最后几排。学校东面不远有家电影院，上完两节晚自习后，几个死党怂恿我去看电影。一开始我不同意，后经不住他们的软泡硬磨，我只好答应了。我们随着走读生的人流溜出了学校，来到了电影院，爬上栅栏，跳进去逃票看电影。直到半夜十二点散场，我们才跑回学校，翻越院墙，蹑手蹑脚地回到宿舍。

有了第一次，便有了第二次、第三次……以后几乎天天如此。所以在课堂上，我常常无精打采、昏昏欲睡，不时地打起瞌睡，哪有心思再去听老师讲课，我的学习成绩因此落了下来。有一次统考，我掉到了五十多名，座次也由原来的第三排被班主任调到了倒数第二排。我也想不再偷看电影了，但总是禁不住诱惑，放了晚自习，又不由自主地跑到了电影院。

有一次是班主任的课，我又偷偷地支起课本，挡住前面的视线，睡起觉来。不知什么时候，班主任老师一巴掌把课本打得老远，拧着耳朵拽起了我。当着全班同学的面，他讽刺挖苦了我一通，说我是扶不起的阿斗，不可救药了。当时羞得我无地自容，如果地面有道缝儿，真想钻进去。从此，我更是破罐子破摔，学习成绩也一塌糊涂。

上高二了，文理分班后，我到了文科班，换了班主任。这位班主任可真好，他并不按名次排位，而是按身高排，因我个子较矮，所以被安排到第二排。

我的那几个死党上了理科班，但我们还是常常约到一起偷看电影。有一次午休，我睡过了头，醒来一看，宿舍里早没了人影。糟了，上课了！我胡乱穿上褂子，纽扣都没来得及扣，便急急忙忙往教室里跑。班主任正在班里讲课，我在门口小声小气地打了声报告。他看了我一眼，说道："请站到黑板前。"我想"坏了，得挨剋一顿了。"他走到我的跟前，却和风细雨地说："学生要有学生的样子，穿着要整齐。你看你还穿着校服，更应这样，因为校服代表着学生的身份。"说完，他弯下身子，把我穿的校服五粒纽扣从上到下一粒粒地、板板整整地扣好，讲台下面顿时响起了雷鸣般的掌声。我的眼睛湿润了，也自此暗暗下了决心："一定要痛改前非，发奋读书，混出个人样来！"

从那以后，无论那几个死党怎么撺掇，我再也不去看电影了，上课时全神贯注地听讲，认认真真地记好笔记，下课时提前预习功课，独立完成作业，遇到疑难问题时，虚心向老师和同学们请教。老天不负有心人，高中毕业后，我终于考上了一所比较理想的大学。

（发表于 2012 年 9 月 18 日的《北京青年报》）

老师是位
"励志叔"

教学之余，厉老师还经常挑灯夜战，刻苦攻读历史典籍，笔耕不辍，成为一名历史教育教研名家。老师是一个乐观向上、充满自信、不甘平庸的人，也是我们学习的榜样。

三年前，无意中，我看到了"厉如良的休闲绿地"的新浪博客，我想到了高中时期教我历史的厉如良老师，于是就给这位博主发了个纸条。后经过证实，果真是厉老师。

厉老师出生农村，虽然他的学习成绩在班里名列前茅，但他初中毕业后就不上学了。当时，村里正缺一名老师，于是他就当了民办教师。由于他所带班级的功课在全公社统考中经常夺得第一，就被调到公社里的中学任教。后来，厉老师转为公办教师，被县一中调了去。再后来，厉老师又被市里的一所中学请了去。

在费县一中，厉老师教我们文科班的历史课。在课堂上，厉老师从不使用填鸭式教学，而是善用"故事激趣导入"的方法，充分发挥我们的主观能动性，调动了我们主动学习、自主探究、合作共进的积极性。在那时，在全市统考中，我们班的历史成绩都是数一数二的。

教学之余，厉老师还经常挑灯夜战，刻苦攻读历史典籍，笔耕不辍，成为一名历史教育教研名家。20 世纪 90 年代，山东临沂市历史中心组在全国都有名气，曾经成为飘过大江南北的旗帜，引领了一个时代的中学历史的考试与教学。当时的中心组主要任务是命题，命制期中、期末考试的试题，编制各年级复习练习用的教辅材料。临沂历史教学的课题及材料，在当时确实是个传奇，全国很多地方都想方设法订临沂的教辅材料。当时厉老师作为历史中心组的核心成员，可以说作出了不可磨灭的贡献。记得那时厉老师编的一本历史高考复习用书，内容丰富、重点突出，书中有提纲、有列表、有测试题，对提高成绩非常有效。这本书连续出版了多年，我们文科生都竞相购买。

退休后，厉老师更忙了，天天坐在电脑前，疯狂地敲起了历史小说，没白天没黑夜的。厉老师真是厉害，几年下来，洋洋洒洒写了二百多万字，十多部长篇历史小说，有《战国大忽悠》《齐国风云 800 年》《南陈往事》《南唐往事》《南唐烟云》《卫国风雨八百年》《话说南朝》《乱世出狗熊》《倒霉文人当官记》等。这些作品以厉如良或他的网名柳梢月署名，分别发表在了红袖添香、石鼓书院、云中书城等各大网站。

2013 年春，厉老师正处在创作的高峰期，此时却传来了一个坏消息，他被查出了胃癌。一开始，厉老师难以接受这个事实，渐渐地，他想开了，变得坦然乐观起来。在这里，有他写的诗为证："昔日闻癌心惊跳，今日患癌心坦然。手术化疗稳步走，生命又延二十年。"做完胃癌切除手术，在病床上厉老师也没闲着，认真研读起杨伯峻先生的《白话左传》来，并把重要内容标注起来。

出院后，为了静养，免受熟人的打扰，厉老师在外租了一处房子。这时，厉老师又开始趴在电脑桌前，不停地敲打着键盘。几个月后，三十多万字的《三桓演义》便出炉了。其实，在住院期间，厉老师就完成了这部作品的构思。后来，《三桓演义》出版了，厉老师送我一本。这是一本讲鲁国历史的书，以鲁国政坛出现过的"三桓执政"局面为主要内容，涉及政治、经济、军事、文化等方面。单纯的历史书读起来晦涩难懂，而在这本书里，厉老师就换了一种崭新的方式来讲述历史，增强了历史的故事性、趣味性、可读性。关于出版这部书的目的，厉老师在博客里这样写道："主要是让我的同学、网友和学生知道，我还活着，还在写书出书呢！活着，就要做点事，做点人做的事，证明世界上还有这个人。我想的是让这些书到社会上去，到需要它的人手中，在社会上继续发挥它们的作用。"

厉老师就是这样一个乐观向上、充满自信、不甘平庸的人，也是我们学习的榜样。祝他老人家天天快乐、永远健康！

（发表于 2015 年 9 月 14 日的《劳动午报》）

我们俩也从未谋面，但我以为这样更好，能把各自最好的一面展示给对方，并在对方的记忆中保持着最完美的形象。

在网络发达的当下，很多年轻人通过网络结交朋友，在盛行写书信的二十世纪八九十年代，不少年轻人则爱交笔友。在上大学期间，我就交过一位异性笔友。

那时，我在 A 市读大学，我非常喜欢诗歌，也经常写写诗歌，偶尔还投投稿。有一次，我把两首诗歌投向了 B 市的音乐广播电台，后来，竟真的播出了，最后还附上了我的通信地址和邮政编码。

一天，一只飞鸿突然翩翩而至，这当然是那位笔友寄来的。当时她正在 B 市一所卫校就读，一个浪漫的故事就这样开场了。

看完信后，我立刻奋笔疾书，给她写了一封回信。就这样你来我往，几乎每个礼拜都给对方写一封信。在信中，我们谈学习、谈理想、谈人生，也谈诗歌，最后发展到谈情说爱。

盼信的心情是急渴渴的。每当把信寄出以后，我就掐算着我的信什么时候能到她那里，而她又什么时候能回信，她的信什么时候能到我这里。没有收到信的日子是枯燥的，一阵阵孤寂和哀愁常常袭击心头，脑子里总想着她，扯脱不开。明知道她的信不可能来到，一见到发信的同学，我就忍不住问上一句："有我的信吗？""没有。"每当听到这两个字时，我的心中总会感到空落落的，失望极了！

而读信时的感觉是兴冲冲的，每每收到她的来鸿，我的心中总有一种按捺不住的怦然心动。我想以最快的速度把信撕开，但又必须小心翼翼的，生怕伤着里面的内容。打开信纸，一股墨香扑面而来，直沁心脾。一行行娟秀的字体闯入了我的眼帘，她的话语是那么的亲切和炽热。这时的我就像一头在沙漠中行走了多日的骆驼，感到又饥又渴，蓦然碰到了一块水美草肥的绿洲，尽情地享受着这一切。

后来，我们还互赠了照片，我终于能一睹她的芳容了：一双清澈深邃的大眼睛略带着忧郁，一只俊俏笔挺的鼻子现出文静、温柔的神态，淡红色的双唇犹如一朵含苞待放的花蕾，光洁白皙的脸庞透着少女的那份羞涩与清纯。

毕业以后，我们在各自的家乡走上了工作岗位，最终没能走在一起。我们俩也从未谋面，但我以为这样更好，能把各自最好的一面展示给对方，并在对方的记忆中保持着最完美的形象。

我认为追求爱情注重的应该是过程，不要太在意结果，只要我们彼此爱过、付出过，这就足够了。

这段情缘虽然结束了，它却酿成了一坛陈年美酒，在我美好的记忆中，愈陈愈香。

我和唯的结缘开始于诗，此文就以我涂鸦的一首小诗结尾吧。

岁月的底片

把你冲洗成我的珍藏

记忆的流星

时常划过夜空

虽拖着一条带伤的尾巴

但也闪烁着绚丽的光芒

（发表于 2015 年 6 月 26 日的《劳动午报》）

第四辑

民风民俗

闰年送面鱼

老百姓过日子大都按农历计算，赶上闰年便会多出一个月，闺女担心年一长，娘家人会断炊挨饿，就会专门抽出时间，蒸出一对面鱼，赶忙送去。"鱼"和"余"同音，闺女当然也希望娘家的日子过得富足有余，故借此以图吉利。

在我的老家费县，有一个古老的习俗，就是每逢农历闰年，结了婚的闺女，要在闰月里蒸一对面鱼送到娘家。过去，费县是个穷地方，人们过着"半年糠菜半年粮"的苦日子，寅吃卯粮的现象也时有发生。老百姓过日子大都按农历计算，赶上闰年便会多出一个月，闺女担心年一长，娘家人会断炊挨饿，就会专门抽出时间，蒸出一对面鱼，赶忙送去。"鱼"和"余"同音，闺女当然也希望娘家的日子过得富足有余，故借此以图吉利。

在那时，当地老百姓的主食就是瓜干煎饼、渣豆腐之类，面食便显得非常金贵，只有到年节或客人来了才会吃，故而闺女送面鱼，足见对娘家人的重视和对父母的孝敬。

小时候，我见过母亲做面鱼的情景。她会先把面粉和好揉匀，饧一段时间，再把面团掐成两个剂子，做成鱼状。用剪刀在头部平着剪一刀，鱼嘴便出来了；在腹部上下剪几刀，鱼鳍便出来了；在尾部竖着剪几刀，鱼尾便出来了。然后在头部摁进两粒黑豆做鱼眼，在腹部用顶针子盖上一个接一个的印子当鱼鳞。如此，一条神灵活现、栩栩如生的"大鱼"便呈现在了眼前。然后放到锅里蒸半个小时左右即可出锅。蒸出的面鱼质地松软、富有弹性，白生生，香喷喷，让人垂涎欲滴。

在那时，母亲去姥姥家送面鱼，我是甘做小尾巴的，因为到了姥姥家，自然会受到姥姥姥爷的热情款待，不仅能吃到绵软筋道、甘甜可口的面鱼，还能吃到热气腾腾、勾人舌尖、只有年节才能解馋的水饺。母亲送给姥姥的面鱼有四五斤重，够姥姥姥爷吃好几天的。

这一风俗一直延续至今，不过也有了一些变化。由于人们的生活水平不断提高，天天都能吃上面食，所以闺女们大都不送面鱼了，而改为送货真价实、活蹦乱跳的真鱼。这一习俗不仅让做女儿的能报答父母的养育之恩，还能缓解父母对女儿的思念之情，真是一举两得，值得发扬光大。

（发表于 2012-08-20《齐鲁晚报》）

火红的元宵夜

元宵夜里，我们燃火，照亮了天空，活跃了气氛，心中弥漫着满满的幸福与快乐。随着时代的变迁，这些习俗却已经淡化，现在只能作为一种符号保留在美好的记忆中了。

一年一度的元宵节正款款向我们走来，记忆的闸门便一下子打开了，我脑海里如放映电影般浮现出小时候燃火大闹元宵夜的情形。

那时候，日子过得紧紧巴巴，人们大都囊中羞涩，大人们几乎舍不得给孩子购买烟花。再说了，当时市场上出售烟花的摊点也很少，品种和数量也都少的可怜。可玩是孩子的天性啊，没有烟花放，我们也要想方设法过一个热闹的元宵节啊！

一般在元宵节前几天，我们就采取行动了，到处寻觅炊帚疙瘩。炊帚是刷锅的一种用具，用脱粒的高粱穗子绑成。用秃的炊帚被称为炊帚疙瘩。那时候，这里农村差不多家家户户都养猪，在猪圈里人们往往要放一把炊帚疙瘩来刷猪食槽。我们的确顽皮，这些炊帚疙瘩常常成为我们攫取的目标。我们把收集来的这些宝贝放在太阳底下晒得干干的，藏在比较隐蔽的地方备用。

元宵节到了，终于盼到了夜幕降临，各家各户开始放灯、烧纸和燃放鞭炮。一切完毕之后，我迫不及待地把火柴往兜里一装，把几个炊帚疙瘩捆在一起，一溜烟似的蹿出家门，呼朋引伴，向我家西边的那片空地出发。

我们二十几个小伙伴开始了燃火表演。我们点燃了炊帚疙瘩，接二连三地抛向空中，这里顿时成了火的世界。抛起来时如一条条火龙在舞动；落下来时又如一粒粒火星在飞溅。有时，火把会落到同伴的身旁，他忙不迭地躲闪，逗得大家前仰后合。我们欢呼着、跳跃着、追逐着，火光映红了每个人的笑脸。一个个火把宛如一支支火箭射中了我们一颗颗陶醉的心。小军的父亲是开磨坊的，小军在炊帚疙瘩蘸上了柴油，所以他的火把燃得最旺，时间撑得也最长，每当他一抛起火把，就是一片雷鸣般的掌声。小军喜形于色，得意极了！火把落在地上，有时被栽熄，我们拾起曲臂平握，快速地旋转几圈，凭借着风力，火把又燃了起来。天气虽然异常寒冷，我们却热得满头大汗，晶莹的汗珠从脸上直往下落。

炊帚疙瘩渐渐地燃尽，但我们兴致未减，马上有人提议到北岭"串荒"（就是烧荒草）去。说干就干，我们的队伍浩浩荡荡地向北岭进发。

我们跑到北岭，觅到一片开阔的荒草地。我们分成几伙，在不同的位置站定，喊着"一、二、三"，同时点燃了荒草。借着风势，荒草熊熊燃烧起来，一会功夫，就蔓延成一片火海。火越烧越旺，火苗蹿得老高，映红了大半个夜空，如同白昼。有人一会儿烤烤手，一会儿转过身来烤烤腚，嘴里唱着："烤烤手，过得有；烤烤腚，不生病。"我们纷纷效仿。我们唱啊跳啊转啊闹啊，快乐随着火势钻向了云端。时间不早了，大人开始扯着嗓子喊我们回家。我们连忙从树上折下一些树枝，一阵狼烟把火抽灭。最后还要仔细检查检查，发现确实没了火星，我们这才恋恋不舍地散去。

元宵夜里，我们燃火，照亮了天空，活跃了气氛，心中弥漫着满满的幸福与快乐。随着时代的变迁，这些习俗却已经淡化，现在只能作为一种符号保留在美好的记忆中了。

（发表于 2016 年 2 月 23 日的《中国铜都报》）

　　老百姓认为，龙是天子的象征、是祥瑞之物，更是兴云降雨的主宰，而农历二月二则是龙欲升天开始活动的日子，故民间有云："二月二，龙抬头。"

　　日子过得真快，浓浓的年味还未散尽，农历二月二便不知不觉来到了我们的眼前。在我们费县，有"二月二，龙抬头"之说，表示春回大地、万物复苏，又到了百虫惊蛰，刮风下雨，适宜耕作的时候了。传说中的龙是人们在蛇、蚯蚓等的基础上想象出来的，所以在我们当地又将蛇叫"小龙"。农历二月二前后，蛇、蚯蚓等结束冬眠、开始活动。老百姓认为，龙是天子的象征、是祥瑞之物，更是兴云降雨的主宰，而农历二月二则是龙欲升天开始活动的日子，故民间有云："二月二，龙抬头。"

　　记得我小时候，每到二月二龙抬头日，天刚蒙蒙亮，母亲就起床了。她扯起一把大扫帚，把天井打扫得干干净净。只见她从缸里舀出了麦子、玉米、黄豆、高粱、绿豆、豇豆等五谷杂粮，放在簸箕里，端出来倒到天井里，再压上一块大石板。然后母亲又从灶底掏出一些草木灰，放进簸箕里，接着从厨房里拿出擀面杖。母亲端起盛着草木灰的簸箕，挟在左臂下，让簸箕的开口向下稍微倾斜，右手拎起擀面杖。母亲一边绕着这些五谷杂粮转，一边用擀面杖敲打簸箕，草木灰就会比较均匀地撒落在地上。母亲转了几圈，撒在地上的草木灰就把五谷杂粮围成几圈。在我们这里，把这种习俗叫做"围仓囤"。

后来，我曾问过母亲："做这些干什么？"母亲答道："二月二，龙抬头，大仓满，小仓流。如果三天内不刮风，可就是丰年之兆啊！"虽然这种说法有些迷信，但是它却寄托了老百姓祈龙赐福，希望今年风调雨顺、五谷丰登。

"围仓囤"完毕之后，母亲便把五谷杂粮收起混合，淘洗干净，倒进大锅里，舀上一定比例的水，生火将其蒸煮，这叫"煮虫"（还有人把这些五谷杂粮放在锅里炒，叫"炒虫"，现在多改为炒黄豆），寓消除五谷害虫之意。不一会儿，氤氲的蒸汽袅袅上升，一股股香喷喷的气息便直钻鼻孔，引得我们这些孩子垂涎欲滴。终于煮熟了，母亲将其盛在碗里，我们大快朵颐，把小肚撑得圆圆的。

这天，父亲往往会拿出推子给我们理发，我们管这叫"剃龙头"。他一边理，一边说："二月二剃龙头，一年都有精神头。"下午，母亲常常会包一顿饺子让我们大快朵颐，我们管这叫"吃龙耳"。还有人做面条吃，管这叫"扯龙须"。看来，大家都想沾龙的光，希望能给自己和家人带来好运。

龙是中华民族的象征，二月二里的这些习俗也大都是围绕着龙的信仰而展开的，表达了人们的精神寄托和对美好生活的期盼。我们作为龙的传人，应该秉承龙的精神，昂首阔步，勇往直前。

（发表于 2016 年 3 月 4 日的加拿大《华侨时报》）

端午采药治顽疾

这些药汤，也许是融入了父母浓浓的关爱之心的缘故，真的起了疗效，我身上的皮肤病很快就痊愈了。这年端午节，我过得好开心好开心！

一提到端午节，人们就会想起食粽子、赛龙舟、饮雄黄酒、戴香囊等习俗。但有一个习俗大多数人是不知道的，那就是采药，它可是最古老的端午习俗之一，战国时期的《礼记·夏小正》中载："此日蓄采众药，以蠲除毒气。"我也对这种采药习俗却记忆深刻。

那是我孩提时代的某一年，我身上起了些小红疙瘩，痒痒的，总是忍不住想挠，挠破了，从里面淌出了许多黏液，实在是难受极了！母亲在村卫生室拿了些药膏，涂在患处。恼人的是，按下葫芦起了瓢，原来的刚结疤，接着又起了一些新的。端午节即将来临，母亲便对父亲说："小二长了这种小黏疮，旧的好了，新的又来了，怪急人的。听上一辈的老人讲，端午节这天，采集一百多种不同的药草，熬成汤泡澡，能治很多病，还能预防小孩生癫。要不咱按这种方法给他治一治？"父亲说："好吧，端午节俺上山刨药去。"

端午节到了，天还没有放亮，父亲就起床了，他急急地背起筐，扛上镢头，朝山上奔去。我们这里群山连绵，到处都是羊肠小道，蜿蜒崎岖，父亲深一脚浅一脚地走着，一个不小心，就会打个趔趄，要想采齐这一百多种药草，谈何容易啊！他翻山越岭，不知爬过了多少山头，走过了多少路，也不知身上被蒺藜刺过了多少回。他握着镢头，弯下身子，拼命地刨着。有的药草长在石缝里，镢头够不到，他就徒手去扒，手上也磨起了血泡。一直挖到中午，才凑齐了这一百多种药草。他背着满满的一筐药草，又累又饿，艰难地一步步挪下山来。

母亲在河边把药草分批清洗干净，回到家掏出药草，放进大锅开始熬药。药汤熬好了。母亲从西屋里滚出一口大瓷缸，放置在一片树荫下。她揭开锅盖，蒸汽氤氲、热气腾腾，一缕缕药草的香味扑面而来。母亲把黄褐色的药汤舀出来，倒进大瓷缸里。滚烫的药汤渐渐凉下来。母亲插进手，感到不怎么烫了，就让我脱下衣服。一个旱地拔葱，把我提起来，慢慢地试探着放入缸中，我蹲下身子，泡起了澡。一个多小时很快就过去了，母亲把我从缸里拔出来，擦干身上的水，给我穿上干净的衣服。

第二天，母亲把药汤温了温，让我再次泡澡，如此一连三天。这些药汤，也许是融入了父母浓浓的关爱之心的缘故，真的起了疗效，我身上的皮肤病很快就痊愈了。这年端午节，我过得好开心好开心！

（发表于 2011 年 6 月 2 日的《齐鲁晚报》）

白露节到，牛驴上套

农谚曰："白露节到，牛驴上套。"白露来到，由于气温下降，天气转凉，很多农作物逐渐成熟，人们要忙于秋收、秋耕，准备秋种，三秋大战开始打响。

白露是二十四节气之一，每年九月上旬交节。白露就是气温渐凉，夜来草木上可见到白色露水的意思。《月令七十二候集解》中云："八月节，秋属金，金色白，阴气渐重，露凝而白也。"白露意味着气温开始下降，天气转凉，地面水汽结露开始增多。

农谚曰："白露节到，牛驴上套。"白露来到，由于气温下降，天气转凉，很多农作物逐渐成熟，人们要忙于秋收、秋耕，准备秋种，三秋大战开始打响。

在此时节，乡村的原野一派丰收繁荣的景象。高粱举起了火把，玉米抱起了金娃娃，大豆籽实饱满，谷子低头弯腰，棉花笑不拢嘴……怀着愉悦的心情，农家人奔向田野。砍高粱、掰玉米、割大豆、掐谷子、摘棉花……好些阵子忙活。

127

记得小时候，那时还是人民公社期间，各生产队都养有牛、马、驴等牲畜。农忙时节，它们都能派上大用场。社员从圈里赶出驴，套在地排车上，自己坐在前边的车沿上，一声"驾"，便威风凛凛地出发了。一路上，驾辕人唱着小曲，不时向空中甩个响鞭，一副洋洋得意的样子。来到地里，社员们把收割下的庄稼装上车，驴在前面用力地拉着，喘着粗气，人在后面吆喝着，往生产队的场里走去。最后再把运来的粮食晒干扬净。

夜幕降临，场里点起汽灯，耀眼的光芒照射开来。村里的男女老少，都拎着装具，有说有笑地聚拢到一起，来分享一场丰收的盛宴。该分粮了，会计念名，队长掌秤，把粮食分摊到各家各户。人们把丰收的成果放进装具，欢天喜地地带回家。

抢完秋，就要接着犁地了，人和牲畜又忙活起来。"扶犁向上看，耕地一条线。"扶犁是项技术活，既要掌握好方向，又要让拉犁的牛听指挥，还要让犁深耕。"耕地深一寸，顶上一层粪。"深耕的目的不言而喻。牛累了，往往会炝蹶子。这时扶犁的人把搭在背上的长鞭高高地抛起，朝着牛身用力抽去，只听见"啪"的一声巨响，牛便继续前行。

犁完地，人又把牛套在"井"字耙上，自己双腿叉开，站在耙上，指挥着牛耙地。"耕得深，耙得匀，地里长出金和银。""深耕不细耙，苗子出不齐。""麦子不怕草，就怕坷垃咬。"耙地不仅要把地耙得均匀，还要把坷垃耙碎，这样有利于提高粮食的产量。

"白露早，寒露迟，秋分种麦正当时。"忙完了秋收、秋耕，又该秋种了。

（发表于 2015 年 9 月 4 日的印尼《国际日报》）

煮一壶月光做酒

"但愿人长久，千里共婵娟。"中秋的月光洒满人间，流淌的都是真情。饮下这壶月光酒，亲情变浓了，回乡路变短了，我也变年轻了。

皎洁的月光透过树，落下斑驳的树影，网在我身上，雾气氤氲开来，袅袅上升。每逢佳节倍思亲，中秋的月光，在苍穹里写满思念。"举杯邀明月，对影成三人。"月光如酒，澄澈浓烈，煮上一壶，就着圆月这个"大月饼"小酌，心儿一下就暖起来，热血也沸腾起来。"举头望明月，低头思故乡。"我思绪万千，心儿已飞到故乡，回到童年时代。

晚风习习，故乡的原野，弥漫着淡淡的幽香。月亮是一面大镜子，明晃晃的，正卯足了劲儿，把光辉毫无保留地撒向大地。一丝淡云飘过来，这时的月亮宛如一位害羞的少女，披着一层面纱，让人充满美好的向往。明朗的月光下，故乡显得是那样的静谧和祥和。眺望朦胧的远山，多像一幅浓墨的写意画啊，密密匝匝的果树镀上了一层银光，滚圆的苹果散发出诱人的芳香。小河像条玉带蜿蜒流过，把手伸进水里，便能搅起满河的碎银。家院的大树上，挂满了沉甸甸的玉米穗，正泛着金光。一群可爱的小狗，不停地摇着尾巴，在满街撒欢。如水的月光、净朗的夜空、醉人的美景、柔和的色调，如梦似幻，撩拨着人的心弦。

虽是中秋节，但人们大都还在户外忙碌，直到天黑才披着月色，带着丰收的喜悦，陆陆续续回家来。

勤劳的母亲已做好了一桌丰盛的饭菜，桌上还摆上自制的月饼，勾得我们垂涎欲滴。我们洗过脏乎乎的小手，欢呼雀跃地围到桌旁。大人们兴高采烈地啜几口小酒，而我们津津有味地咬着月饼，显得其乐融融、幸福温馨。

坐在院子里，再把目光投向苍穹，只见那轮圆月格外大、格外圆、格外亮，犹如处在生长期的春蚕，刚蜕过了一层皮，焕然一新，整个院子都被照得亮堂堂的。在月光的映照下，酒后爷爷的面庞显得油红发亮、神采奕奕。嫦娥奔月的故事被他娓娓道来，我们这帮孩子全都托着腮帮，全神贯注地听着。"嫦娥应悔偷灵药，碧海青天夜夜心。"看着人间如此美好，呆在蟾宫里孤独寂寞的嫦娥，早应该后悔了吧？

夜已很深，圆圆的月亮还在探着笑脸，羡慕地目视着幸福快乐的故乡人，不愿离去。

"但愿人长久，千里共婵娟。"中秋的月光洒满人间，流淌的都是真情。饮下这壶月光酒，亲情变浓了，回乡路变短了，我也变年轻了。

（发表于 2018 年 10 月 27 日的《东南早报》）

用母爱熬制的腊八粥

母亲离开我们已十多年了，那以后，每年过腊八节我也吃腊八粥，但总觉得没有母亲做的好吃，这主要是因为她做的腊八粥里，包含着母亲的慈爱、关怀和浓浓的亲情，那是充满母爱的味道吧。母亲做的腊八粥，它的香味仿佛还留在我的唇边，在心里显得热气腾腾，永远温暖着我。

我是喝粥长大的，对粥有着深厚的感情，自然就会想起常为我们做粥的母亲。一年一度的腊八节又悄悄地来到我们的身边，这时我脑海里如放映电影般浮现出过去母亲做腊八粥的情景。

腊八这天，天还没有放亮，母亲就起床了。这时的我，正睡得迷迷糊糊，隐约看见母亲点着煤油灯，穿好衣服，拿着簸箕来到缸前，揭开盖子，把瓢子插进缸里，把谷子舀出来，放进簸箕里。

母亲挟着放有谷子的簸箕，拎着笤帚，带好门向外走去，接着我听到了一阵犬吠声。

我仿佛看见母亲碾轧谷粒的情形：母亲把谷子倒在碾盘上，用笤帚摊匀，随后抱着碾棍推起来，碾碡子骨碌碌地滚动着。她转了一圈又一圈，经过反复碾轧，谷糠从谷粒上脱离出来。母亲把碾轧好的谷子扫成堆，捧进簸箕里。她端着簸箕颠簸着，扬去糠秕等杂物，扬净的谷子就变成了金灿灿的小米。

母亲回来了。这时我已经醒了，看见她脸上挂满了晶莹的汗水，而头上和衣服上则蒙着一层糠尘，好像变成了另外一个人。看到这里，我鼻子顿时一酸。她从绳上扯下一条毛巾，把全身抽打一番，接着简单地洗梳洗梳。

母亲把小米、豇豆、大枣等淘洗得干干净净，下进锅里，添上水，然后生火熬粥。母亲做腊八粥很会掌握火候，这样做出来才会更有味道。她先用快火，等熬到一定程度再用文火，等把锅里的水快熬干后就把柴禾从灶里撤出来，再焖上十几分钟，腊八粥就做成了。此时，锅里飘出香喷喷的气味，引得我们垂涎欲滴。

腊八粥端上桌，全家围坐桌旁，津津有味地吃着，显得其乐融融。这粥香香的、甜甜的，实在太好吃了。我大口大口地扒着，不一会儿，就把小肚撑得圆圆的。当时那大快朵颐、酣畅淋漓的模样，我至今记忆犹新。

在饭桌上，母亲也不忘教育我们，她说："做人就像做这腊八粥一样，要想吃上好粥，就必须付出艰辛的劳动，还得掌握好方法和技巧，学习也是如此；你们看这大枣就像一颗颗红红的心，吃起来甜甜的，你们要像这大枣一样多奉献爱心，为社会多做贡献；再看这腊八粥，黏黏的，抱成一团，非常团结，只要我们一家人和和睦睦、团结一心，就会战胜眼前的困难，度过难关，尝到甜头。"母亲说的这番话至今还深深地烙在我的脑海里。

母亲离开我们已十多年了，那以后，每年过腊八节我也吃腊八粥，但总觉得没有母亲做的好吃，这主要是因为她做的腊八粥里包含着母亲的慈爱、关怀和浓浓的亲情，那是充满母爱的味道吧。母亲做的腊八粥，它的香味仿佛还留在我的唇边，在心里显得热气腾腾，永远温暖着我。

（发表于 2016 年 1 月 19 日的《中国铜都报》）

包敬天饺子是很有讲究的，馅儿必须是素的，诸如白菜、萝卜、菠菜、豆腐、粉条之类。吃素馅饺子表示在新的一年里，全家人会过得素素净净、平平安安。

在我们这里，过了腊八节，年味就越来越浓了。而吃是过年的一大主题，我不由得想起用来敬天的饺子。

大年三十这天，家家户户都忙碌起来，人们纷纷打扫庭院、杀鸡宰鱼、贴春联、挂年画，吃过年夜饭后，还要包饺子敬天。

包敬天饺子是很有讲究的，馅儿必须是素的，诸如白菜、萝卜、菠菜、豆腐、粉条之类。吃素馅饺子表示在新的一年里，全家人会过得素素净净、平平安安。还有的饺子里包糖的、包花生、包硬币等。吃到包有糖的饺子，意味着以后的日子过得甜甜蜜蜜；吃到包有花生的饺子，意味着人能长命百岁；吃到包有硬币的饺子，意味着人能发财。把包好的饺子放在盖顶上，不能一行行的排列，而是要一圈圈地放置，这寓意着全家人团团圆圆、和和美美地过大年。如果饺子煮破了，则不能说"饺子煮破了"，而要说"饺子煮挣了"，以图吉利。

敬天的时间一般选在大年初一零点后到早晨天亮之前这个时间段。在敬天前，要把锅里的水烧开后下饺子。然后在天井里放上一张桌子，上面摆上供品和酒盅，桌子上面还要放上香炉，里面插上香。饺子煮好后，盛上几碗，摆在桌子上用来敬天，再盛上一碗放在灶旁敬灶君。一切准备就绪，敬天仪式就开始了。全家共同参与，放鞭、点香、烧纸、奠念、叩头，所有仪式都在有条不紊地进行，显得虔诚而又庄重。

敬完天后，把敬天饺子和锅里剩下的饺子捞出来端到吃饭桌上，开始用春节的第一餐。除了每人一碗饺子外，还要多盛上一两碗，意在期望以后人丁兴旺、多子多福。有的孩子嫌素馅饺子难吃，就要到菜橱里拿些自己钟爱的荤菜。这时，大人都要呵斥一番，说为了一年素净平安，万万不能吃荤。"要想富，大年初一吃天素"，这句话在我们这里的农村至今留传。

吃完饺子后，晚辈就会成群结队去给长辈拜年。拜年时，孩子要给长辈磕头，长辈们往往会给些压岁钱。相传压岁钱可以压住邪祟，因为"岁"与"祟"谐音，晚辈得到压岁钱就可以平平安安度过一岁。

春节的这些习俗，表达了人们对美好生活的向往与期盼，有些还在我们这里继续传承。

（发表于 2016 年 2 月 16 日的《中国铜都报》）

渣豆腐

可以说，大凡能食用的食材差不多都能做渣豆腐。在那艰苦的岁月里，这简直就是大自然的恩赐，把乡村一个个原本暗淡的日子喂养得晶莹剔透。

我的家乡费县，地处沂蒙山区，这里曾盛行着一种带有浓厚地方特色的普通小吃渣豆腐（费县东部农村也叫"豆沫"），这个名字听起来似乎土得掉渣，过去却是我们饭桌上司空见惯的家常菜。在我小的时候，还处在物质比较匮乏的时期，我们这里农村吃的基本上顿顿都是渣豆腐，只有年节时，才见点荤腥儿，所以我对渣豆腐有着深厚而又特殊的情感。

做渣豆腐所用的材料十分广泛，有白菜叶、芹菜叶、莴苣叶、萝卜缨、芥菜缨、地瓜秧、马铃薯秧、芸豆、豆角、榆钱儿、洋槐花、各种野菜，甚至棉花籽都行。可以说，大凡能食用的食材差不多都能做渣豆腐。在那艰苦的岁月里，这简直就是大自然的恩赐，把乡村一个个原本暗淡的日子喂养得晶莹剔透。

做渣豆腐，通常把白菜叶等择好洗净，放进菜筐里，锅里添上水，烧至沸腾。然后把菜倒进开水里焯一焯，然后用笊篱捞出来，放进凉水里，待不十分烫人了，就可以把菜捞出来，用力攥成团，挤出水。然后把菜团放到案板上，用菜刀切细剁匀。把切好的菜倒进锅里，加上清洌甘甜的山泉水，上面撒上一层金灿灿的豆面子，再放上适量的盐粒子（过去农村是没有精盐的）。烧上一阵子火，菜和豆面子就煮开了。揭开锅盖，用铲子把菜和豆面子搅拌均匀，再盖上锅盖，焖上五六分钟，这些朴素清淡的混合体就变成了美味。

满满一盘子渣豆腐被端上桌，热气腾腾，一股诱人的香气扑面而来。坐下来，扯一个煎饼卷上它，就着辣椒和咸菜，攥在手里使劲地咬一口，大口大口地嚼着，那甜甜的味道真叫过瘾啊，不由得让人吃过一个还想再吃下一个，直到我们摸着鼓胀的肚皮，额头覆上了一层细密而晶莹的汗珠，把那颗因饥饿或困顿而难以找到归宿的心服服帖帖地落回到肚子里。有渣豆腐"垫底"，贫穷的家里充满了欢歌笑语，日子也像裹了一层甜蜜的糖。

已渐渐淡出当地老百姓生活的渣豆腐，现在又悄悄回到了一些人的餐桌。渣豆腐这种粗纤维食物大都属纯天然的绿色食品，经常食用，有益于健康，我想这就是渣豆腐回归的主要原因吧。

"渣豆腐香，渣豆腐甜，扒上一顿管半天……"每当想起这首民谣，我的脑海里便浮现出当年吃渣豆腐狼吞虎咽、大快朵颐的情形，香味会在肚子里不断地升腾，精神也得到了一种慰藉与满足。

（发表于 2013 年 3 月 28 日的《齐鲁晚报》）

费县的糊涂

我小时候最爱喝的是一种用玉米面加上花生米和菠菜叶子熬成的糊涂。这糊涂看上去花花绿绿的，颜色十分好看，闻起来也香气扑鼻，喝起来甜丝丝、香喷喷，不觉让人胃口大开。

我说的糊涂是我们费县方言，实际上是指粥，烧制糊涂用的原料一般有麦子、高粱、玉米、小米等，把它们淘洗干净后，放在阳光下晾晒，不过不能晒得过干，然后放进石磨（或放在碾上碾压）磨成细末，这些细末当地人叫糊涂面子。加工糊涂面子时要掌握好分寸，不要过粗，也不要太细，因为只有这样，烧出的糊涂才最好喝。糊涂里一般不去粮食的种皮，能保持粮食原有的营养成分和维生素，长期饮用，有利于保健。现在大多数人图省事，一般都用机器加工糊涂面子，可人们普遍认为没有传统加工的糊涂面子烧制的好喝。当然，用机器加工还容易流失许多营养成分。

我小时候最爱喝的是一种用玉米面加上花生米和菠菜叶子熬成的糊涂。这糊涂看上去花花绿绿的，颜色十分好看，闻起来也香气扑鼻，喝起来甜丝丝、香喷喷，不觉让人胃口大开。

　　说起糊涂，我们这里还流传着一个故事呢！

　　乾隆十六年皇帝于正月南巡，四月从江南回来，十五日下午，乾隆大队人马来到沂州府。这可忙坏了府衙内的大小官员，晚饭时，御膳桌上摆满了美味佳肴，可皇帝几乎没动筷子就撤下来了，并传旨：明天早饭从简，只上几样清淡的地方小吃即可。这下可难坏了知府宋暎，急忙召集负责伙食的官员前来商讨。有个跟随宋知府多年的亲兵说："我们费县老家，有种用小米面、大豆、绿豆做的三汁子糊涂很好喝，南来北往的人经过俺庄，都要喝上几碗。"宋知府认为可行，只是觉得糊涂不太好听，最后商量叫蒙山粥吧，调派人马赶到该村，挑选一家主人叫闽公的前往。

　　闽公在大路旁卖了几十年糊涂，他们把做糊涂用的粮食，家什一并带到沂州府。一家人早早起来操作，儿子推磨，闺女烧火，闽公掌勺，媳妇里外张罗，一连做了六大锅。早饭开始，太后皇帝都夸赞"蒙山粥"好喝，其他人也都端起碗争相喝起来，一会儿工夫，六大锅糊涂喝了个精光，沂州府的官员还没摊上号呢。从那以后，闽公一家居住的山村名叫糊涂岭，那里的糊涂越发远近闻名。

　　看到这里，你该对费县的糊涂垂涎三尺了吧？

　　　　　　　　　　　　　　（发表于 2010 年 5 月的 20《齐鲁晚报》）

讴歌生活

第五辑

苦菜的吟唱

> 一开始，苦菜拱出了嫩黄嫩黄的芽儿，渐渐地，就穿上了绿色的新装，变得水灵灵的。微风拂来，苦菜就如欲飞的蝴蝶，追逐着一个个梦想。

俺叫苦菜，因冯德英先生的长篇小说《苦菜花》而名扬四方，在一些山地或平原都能觅到俺的踪迹。俺蛰伏了一冬，春姑娘悄悄地来到俺的身边，催醒了俺。俺伸了伸懒腰，打了个喷嚏，就从黑咕隆咚的地下世界钻了出来。啊，真恣儿，俺又看见光明啦！

小树在吐绿，小河在打滚，小鸟在唱歌，外面的世界真精彩！一开始，俺拱出了嫩黄嫩黄的芽儿，渐渐地，俺穿上了绿色的新装，变得水灵灵的。微风拂来，俺就如欲飞的蝴蝶，追逐着一个个梦想。

俺很泼辣，瓦砾间、沟壑里、石缝中、墙头上……只要有点儿泥土，俺就能生存，适应能力可谓强矣！

一段艰苦的岁月浮现在俺的眼前。忆当年，小朋友挎着篮、拎着铲，说说笑笑、打打闹闹，高高兴兴地走向田野，一发现俺，他们就睁大了眼睛，脸上流露出喜出望外的神色。他们拿着铲子，争着抢着把俺剜出来，放进篮子里。当俺层层叠叠地堆满篮子，小朋友们就变成了一只只快乐的小鸟，迈着轻快的步伐，一溜小跑回家中。

大人们开始择菜、淘洗，把俺弄干净后，倒入盆里浸泡一番，为的是把俺身上的苦味减轻。

几天后，人们把俺从水里捞出来，放进热水里焯一焯，然后再捞出来，用双手把俺们聚拢在一起攥成球状，放在案板上剁细剁匀，再倒进锅里，加些水，上面撒上一层黄豆面，放点盐，盖上锅盖，生上火，焖煮一段时间，一道叫做"渣豆腐"的家常菜就做成了。在那物质匮乏的年代，人们把这菜卷进地瓜面煎饼里，就着咸菜和辣椒，也能吃得又香又美。

后来，随着生活水平的不断提高，俺逐渐淡出了老百姓的视线。不过，现在有不少人吃腻了大鱼大肉，又开始想起俺了。俺爬进了电梯，进入高档酒楼，站在眼花缭乱的美味之间，还不太习惯，显得有些拘谨。不过，食客们对高蛋白、高脂肪的东西似乎不大"感冒"了，反倒对俺这种绿色食品情有独钟，一端上桌，就把俺一扫而光。

过去人们吃不饱穿不暖，吃俺是为了充饥，现在生活富裕了，吃俺则是为了健康，还有些人把俺当做忆苦思甜的话题教育后人。可以说，人们对俺的认识已经到了一个新的高度。

目前，俺头上正戴着几顶金色的"桂冠"，显得十分耀眼。但俺非常清楚，俺是个"泥腿子"，俺的根永远扎在田野里。

（发表于 2017 年 3 月 17 日的《淮河晨刊》）

马齿苋从不选择环境，不论土地肥沃还是贫瘠都能生长。它极其耐旱，"晒死了石头蛋，晒不死马齿苋"说的就是它，它也其耐涝，即使洪水漫灌，也淹不死它。

一个周末，我回到故乡，看到一种普通的野菜，那是马齿苋，它总是生长在田间、地头、水渠边……

微风下，它们正舞动着胖乎乎的小手欢迎着远方来客。故乡的野菜种类很多，有灰灰菜、苦菜、荠菜、野芹菜……我却对马齿苋情有独钟，因为它有着可贵的品质。

马齿苋从不选择环境，不论土地肥沃还是贫瘠都能生长。它极其耐旱，俗话说："晒死了石头蛋，晒不死马齿苋。"它也极其耐涝，即使洪水漫灌，也淹不死它。有人不小心把它的枝叶踩断了，其根部会继续生长，不用 过多少时日便又捧出一片新绿，上半截踩在泥里也能成活，长为新的生命体。马齿苋的生命力可谓强矣！

经过老家的村口，不经意间就会看到一家超市，地是一座二层楼房，在阳光的照耀下闪着金光，显得非常气派和壮观。

超市的老板叫李自强，是我儿时的玩伴。他两岁时患了小儿麻痹症，双腿因此落下残疾。父亲希望他长大以后能够自强自立，就给他起了自强这个名字。

李自强身残志坚，生命顽强，有着如马齿苋一样的秉性。凭着一股子不服输的韧劲，从小学到初中，他的学习成绩在班里一直名列前茅。中考结束了，他考上了县里的一所重点高中。由于家境贫困，再加上他父亲身体一直不太好，他只好中断学业，为此他还偷偷地抹了好几回眼泪。

李自强开始寻找出路，身为残疾人，干太重的体力活显然不行。他考察了好一阵子，发现养殖业能赚钱，就借了一部分资金，搞起了肉食兔养殖。凭着坚强的毅力和顽强的信念，付出了比常人多好几倍的艰辛，他获得了第一桶金。

当时，养殖业市场波动很大，如果再干下去，就可能赔钱。李自强头脑灵活，马上另辟蹊径，正好村口一家小卖部由于经营不善，已关门大吉，他就盘了下来，重新开起了小卖部。

由于李自强服务热情，经营有方，没几年，就赚了个盆满钵满。他拆了老房子，在原址上建起了二层楼房，把小卖部改成了超市。由于他心地善良，自强不息，赢得了邻村一位姑娘的芳心。现在他已抱美人归，并有了一个活泼可爱的小宝宝。

我们这里是全国有名的核桃之乡，乡亲们曾通过卖核桃得到的收益而走上了脱盆致富的道路。以前村民主要是靠坐门等客或到集市上售卖等传统的销售模式来销售自己的核桃，再加上核桃的数量与产量越来越多，购买者往往会压低价格，有的时候还会滞销，从而造成村民收入锐减的局面。

李自强看在眼里，急在心里，决定改变这一局面。他听别人说在网上销售路子宽、价格高、效果好，于是购置了一台电脑，装上了宽带。自己不会用电脑，就叫别人手把手来教他，后来李自强终于运用自如了。他在网上开通了一家核桃专卖店，专门为村民服务。运作了一段时间，效果还真不错，大批的订单从四面八方飞来，大大解决了村民的后顾之忧。

特别是到了核桃收获的季节，李自强整天忙得腰酸背痛，但他也不烦不燥，他认为，为乡亲们出一把力是值得的。村民们也知恩图报，家里缺什么东西就从他店里买，营业额得到大幅度提升，李自强的收入也就自然增加了很多。

我走进超市，和李自强攀谈起来。他正在开心地勾画着未来，他说：村东的那条土路一下雨就泥泞，他打算出资修成水泥路；他打算买一辆小轿车，带着老婆孩子去旅游；他还打算……

李自强的店门旁，一棵马齿苋正绽放着几朵金色的花朵，虽然很小，却很耀眼。虽然李自强是位残疾人，但是通过自己勤劳的双手，已经步入幸福小康生活，还帮助其他村民共同致富，很是难能可贵。小小的马齿苋有春天，即便再平凡的人也有属于自己的花季！

（发表于 2011 年第 2 期《北方作家》）

葱的味道

有葱相伴的日子真好，它能让生活变得有滋有味、有声有色。葱的味道，其实就是生活的味道。

我居住的楼前有片空地，看到荒着挺可惜，便开垦出来。我对葱情有独钟，自然先栽植了一畦葱。渐渐地，倒在地上的葱就缓过神来，变得亭亭玉立、郁郁葱葱，它们水灵灵的，焕发出勃勃生机。春风送爽，它们摇曳着轻盈的身子，宛如苗条的少女们在舞蹈，显得妩媚极了！空暇之余，我就会跑到阳台，俯视长势正旺的那些葱。在我眼里，那也是一道靓丽的风景，让我尽享其中。

下班后，我就手把一绺青葱请回家，将其清洗得干干净净，装盘后端到桌上。看到这些葱，都感到温馨可人，让人垂涎欲滴，于是立马拎起一棵葱，蘸上酱，顺进煎饼里，卷起来，续到嘴里，大口大口地嚼着，好过瘾哟！有句谚语说得好："香葱蘸酱，越吃越壮。"

若是要炒菜，葱是不可少的。在放菜前，在锅里倒上油，烧热后撒上白白绿绿的葱花，炝锅。只有葱的加入，炒出的菜才能充分调动人的胃口，让人信服。如果哪一次炒菜忘了放葱，吃起来总感无滋无味的，很不习惯。葱作为调味品，还有一段来历。相传神农尝百草找到葱后，便作为日常膳食的调味品，各种菜肴必加香葱而调和，故葱又有"和事草"的雅号。

我心里在琢磨，觉得葱像一位女子。俏生生的葱叶，像女子靓丽的装束；白生生的葱白，又像女子细腻的肌肤。葱，生吃起来，辣中带甜，回味无穷，炒熟了吃，清香爽口，余味绕舌。看来，这葱的味道，泼辣中又有婉约。

葱虽然普通，但是营养不普通，它含有蛋白质、碳水化合物等多种维生素及矿物质，可以有效地保护健康。民间有"常食一株葱，九十耳不聋。劝君莫轻慢，屋前锄土种"的谚语。即使生活在大都市里，也可在阳台上的花盆里栽植一些葱，既可观赏，也可食用，不失为一件乐事。

有一次，我出去游玩，已爬了很多山路，累得气喘吁吁，不想再往前挪动一步。突然，发现在眼前的一个高岗上，一棵葱正傲然挺立，犹如一只漂亮的小鸟，凌空欲飞。我顿时来了精神，连忙跑上前去，小心翼翼地拔出那棵葱，剥去它的外皮，咬上一口，唇齿留香，顿时让我神清气爽，陶醉其中。旅途的劳顿也都抛到九霄云外去了，我又信心满满地迈开步伐。

陆游曾写过一首叫《葱》的诗："瓦盆麦饭伴邻翁，黄菌青蔬放箸空。一事尚非贫贱分，芼羹皆用大官葱。"意思是说，葱不分贵贱，人们都喜欢吃。从春天到秋天，葱都可以生长，即使到了寒冷的冬天，也会有干葱供我们食用。一年四季，我们都能尽享一缕葱香，好幸福哟！

有葱相伴的日子真好，它能让生活变得有滋有味、有声有色。葱的味道，其实就是生活的味道。

（发表于 2017 年 4 月 23 日的《东方烟草报》，原标题《青葱拾趣》）

顽强的狗尾草

狗尾草虽然没有玫瑰那样姣好的容颜，也不像桂花那样馥郁芳香，看起来也不起眼，但是它柔弱却很坚强，任性却不失执着，平凡却不乏精彩，不屈不挠，自强不息。

看到这个题目，一定会有人说："狗尾草是那么纤细、瘦小，弱不禁风，你却硬说它顽强，这不是睁着眼睛说瞎话吗？"我在这里也有话要说，看问题不能只看表面，那样往往会蒙蔽我们的眼睛，而是要透过现象看到其内在的本质。

狗尾草虽然总是那么默默无闻，从不炫耀，但是还是挺直腰杆，昂首挺胸，深爱着脚下的土地，给人们向上的力量。

狗尾草从不选择环境，不管土地是肥沃还是贫瘠，它们都能生存。不管在屋檐下、墙头上、石缝里……只要有丁点儿泥土，就会觅到它们的踪影，长得勃勃生机。可以说，它们是无所不在，生命力可谓强矣！

在困难面前，狗尾草毫不畏惧，从不退缩，小中见大，柔中见强。即便它们的身上压块大石头，也不害怕。为了能够走出黑暗，它们会竭尽全力，扭着身子，挣扎着，九曲十八弯，拱、拱、拱，最后挣脱大石头的羁绊，终能见到光明。

立秋时节，刚刚出土的狗尾草，往往存活不了多久，它们也要"加足马力"，开花，秀穗，结种，留下后代。

狗尾草的种子即使埋在土里多年，一般也不会腐烂，只要达到发芽的条件，它们就会顶出地面，新的生命体又会诞生。"野火烧不尽，春风吹又生。"风雨击，冰雹砸，锄头除，农药杀，它们前仆后继，勇往直前，无穷尽也！它们就像一个个无畏的战士，大义凛然，视死如归。

狗尾草虽然没有玫瑰那样姣好的容颜，也不像桂花那样馥郁芳香，看起来也不起眼，但是它柔弱却很坚强，任性却不失执着，平凡却不乏精彩，不屈不挠，自强不息。

在人类历史的长河中，我们不就像一棵棵狗尾草吗？看来，有人常常把自己说成一介草民，是有一定道理的。不管是在顺境中还是在逆境中，我们就应像狗尾草那样，养成顽强的性格，去拼搏、去抗争，闯出一片新天地，绽放自己的精彩。

（发表于 2015 年 9 月 11 日的美国《新世界时报》）

悼念一条腰带

扎着这条腰带，我感到非常安全、舒适、妥帖、温暖。就这样，腰带任劳任怨、兢兢业业、不求索取，默默无闻地为我奉献着，它用一生证明了自己存在的价值。

"叮铃铃，叮铃铃……"床头上的闹钟响了，六点了，该起床了。我忙乱地穿好衣服，束好腰带，就下了床。当我下腰去穿鞋时，只听"啪"的一声，腰带断了。

我暗自庆幸，这腰带断的可真是时候，要是在大庭广众之下断了，可就丢脸了。腰带真是我的知心好友，在它奄奄一息时，还在维护着我的尊严。

这条腰带可是跟随了我二十余年，直到生命的最后一息。在它倒下的那一刻，我的心里顿时五味杂陈。

一九九四年，我大学毕业了，被分配到镇上的一家粮所上班。领到第一个月的工资时，我兴奋极了！吃过午饭，我便跟几个同事一起逛街，来到供销社的营业大楼，花了十六元钱，买下了这条腰带。

腰带是纯牛皮的，回到宿舍，我拿着它端详了又端详，这可是我第一次用自己挣的钱买的。我把旧腰带从裤鼻上抽出来，扔到一旁，把崭新的腰带扎上，心里美滋滋的。

从那以后，我的裤子不知换了多少条，可腰带从未换过。刚开始扎时，我身材比较苗条，腰带显得很长，我便有了截去一段的想法，但不知什么原因，我却没有行动。后来，我的身体不断发福，最后啤酒肚都凸出来了。刚开始用这条腰带时，腰带卡是扣在腰带最里面的眼儿的，渐渐地，渐渐地，最后扣到了最外面的眼儿，每个腰带眼儿都留下了被腰带卡磨过的痕迹。当时我就暗自庆幸，多亏没截。虽然腰带已磨得光光亮亮，部分位置已经失去了原有的色彩，颜色变得深浅不一，但是我还是对它情有独钟，恋恋不舍，所以它一直围在我的腰间。

表弟从美国留学归来时，送给我一条豪华腰带。尽管我对这条腰带有些爱不释手，可我对老腰带更有感情，最终没有把"老伙计"替换掉。现在它的生命已走到尽头，看来不得不更换另一条腰带了。一恸！

记得有一年，我回到老家，母亲亲自宰了一只大公鸡来慰劳我。听说把牛皮腰带上擦上鸡油，就能延长使用寿命，于是我取了一块鸡油，把腰带里里外外用鸡油仔仔细细地擦了一遍。在这二十年里，我的腰带就保养了那一次，如果经常保养，我想这条腰带再束上一二十年应该没有什么问题。唉，不说了，再后悔也没用了。

这条腰带与我形影不离，转战南北，为我立下了汗马功劳。扎上，松开，又扎上，又松开……就这样扎来扎去，天天都在磨损，但却从不叫苦。汗在咬它，碱在杀它，但它从不喊疼。到了晚上，我睡觉了，它还是静静地陪伴在我身边。扎着这条腰带，我感到非常安全、舒适、妥帖、温暖。就这样，腰带任劳任怨、兢兢业业、不求索取，默默无闻地为我奉献着，它用一生证明了自己存在的价值。

腰带虽然结束了它的使命，但是它将永远保留在我美好的记忆里。

腰带，我亲密无间的战友，好好安息吧！

（发表于 2017 年 5 月 3 日的《阳光报》）

理发刮脸

电推子发出"嗡嗡"的声响，就像一只蜜蜂在辛勤地劳作，听起来婉转悦耳。渐渐地，我的头发也变得有棱有角起来。

头发的确有些长了，刺刺挠挠的，有一种不利落、不舒适的感觉，于是我拐进了一家理发店。

理发师是位中年妇女，长发披肩，她粲然一笑，露出皓齿："先生，理发？"我应了一声："嗯，理发。"

她从水桶里舀出一些凉水，倒进挂在墙壁上的一个铁斗里，又从暖瓶里倒出热水，将二者兑好。她让我坐在椅子上，拧开铁斗上的水龙头，水哗哗地流到我的头发上。她就着水流把我的头发搓洗一番，再打上洗头膏，反复揉搓。

洗好头，她用毛巾将我的头发擦干。我坐到理发椅上，她把大褂披在我身上，披好。随后她一手拿着梳子，平插到我的头发里，一手拿着剪刀紧贴着梳子突突地剪起来。她的动作十分娴熟，手中的剪刀宛如一只轻燕在我头上迂回穿梭，显得妩媚极了！剪完后，她又拿起电推子来修整。电推子发出"嗡嗡"的声响，就像一只蜜蜂在辛勤地劳作，听起来婉转悦耳。渐渐地，我的头发也变得有棱有角起来。

理完发，她又拿起吹风机，把头发渣子吹走，用手指拨动着头发吹干，定型。这时，我浑身变得轻松起来。

只见她又皓齿重启："刮脸不？"我答道："刮刮吧。"她扳动理发椅下面的机关，把它展开，我倾躺下来。她把香皂水搽在我的唇部，用热毛巾敷上。她把刮脸刀在一块布上蹭了又蹭，随后她揭下毛巾，开始为我刮脸。我微闭着双目，静若止水，尽享着这一切。她轻按着我的面部，从额头刮起，刮脸刀发出"刷刷"的声响，犹如一位琴师在抚琴低吟。再往下，她用刮脸刀修修我的眉毛，接着刮双颊、下巴，直至脖颈。最后她再用手在我的面部上下摩挲，发现有没刮好的地方，再重点刮刮。刮完脸，她把刮脸刀的柄端插入我的耳孔转一转，脏东西就沾出来了。她在我的脸上涂上大宝，简单地按摩一番。我正闭着眼睛尽享其中，突然就听见轻柔一声："先生，好了，起来吧。"

我往镜子前一站，就看到头发短了，脸也白净了，容光焕发，清爽剔透，特有精神，仿佛又年轻了好几岁。

（发表于 2016 年 1 月 23 日的苏里南《中华日报》）

鲜美荠菜入诗笺

拥抱着大地的荠菜，从《诗经》中一路走来，数不胜数的文人雅士纷纷为它吟诗作赋，把人世间的酸甜苦辣熬制在荠菜的滋味里。"人间有味是清欢"，有荠菜作陪，有诗为伴，生活更有味，世间更美好！

春风送暖，阳光和煦，草长莺飞，这正是荠菜等野菜茁壮成长的时节。这时，不少市民便会迈着轻快的步伐走向郊外，三三两两地去挖水灵灵的荠菜。在民间有这么一句俗语："三月三，荠菜赛金丹。"荠菜在诸多野菜中口感和味道绝佳，是野菜中的上品。而三四月的荠菜最是新鲜，炒个鸡蛋，凉拌个豆腐，或是包个饺子，吃下去都是满口留香。

不单是现代人对荠菜情有独钟，古代人对荠菜也有着饱满的热情。荠菜曾被写入诗中，最早见于《诗经》，《邶风·谷风》中就写道："谁谓荼苦，其甘如荠。"这足以证明国人食用荠菜的历史源远流长。

北宋的苏轼不仅是大文豪，还是一位美食家。他了解每种食物的妙处，并喜欢亲自下厨。说起东坡肉和东坡肘子，想必大家都不陌生吧？苏轼还做过一种汤，美其名曰"东坡羹"，主要食材便是荠菜。据说苏轼很爱吃荠菜，在他被贬黄州的时候，还有"时绕麦田求野荠"之语。把采来的荠菜淘洗干净，和米粉、姜末等一起炖成羹汤，鲜美得很，因此得名"东坡羹"。苏轼在《春菜》一诗里写道："蔓菁宿根已生叶，韭芽戴土拳如蕨。烂蒸香荠白鱼肥，碎点青蒿凉饼滑。"意思是说蔓菁抽叶，韭菜破土，菠菜已老，青蒿、茵陈蒿和甘菊味道清苦，而鲜嫩翠绿的荠菜，铺在新鲜的清蒸白鱼上，别有一番风味。苏轼对荠菜的喜爱跃然纸上。

范仲淹、辛弃疾也是荠菜爱好者。北宋诗人范仲淹，"少与友人在长白山僧舍修学，惟煮粟米二升作粥，一器盛之，经宿遂凝，刀割为四块。早晚取二块，断荠菜十数茎于盂，暖而啖之"。这就是《粟粥荠菜》的故事。从中可以看出，范仲淹对荠菜等野菜腌制而成的咸菜有着特殊而浓厚的情感，从而写出了"陶家瓮内，腌成碧绿青黄；措大口中，嚼出宫商角徵"的豪情。南宋词人辛弃疾在《鹧鸪天·游鹅湖醉书酒家壁》里写道："春入平原荠菜花，新耕雨后落群鸦。"意思是说春天来临，恬静的平原生机勃勃，白色的荠菜花开满了田野；新耕的土地散发着泥土的幽香，又适逢贵如油的春雨落下，群鸦在新翻的土地上快乐地觅食。辛弃疾又在《鹧鸪天·代人赋》里写道："城中桃李愁风雨，春在溪头荠菜花。"意思是说，城市中的桃花和李花虽然华丽，但害怕风雨吹打，只有长满了溪边的荠菜花不畏风雨、蓬勃向上，才能算得上是真正的春天。

陆游、郑板桥也对荠菜钟爱有加。陆游曾写过《食荠三首》，他在第一首中写道："日日思归饱蕨薇，春来荠美忽忘归。传夸真欲嫌茶苦，自笑何时得瓟肥？"道出了陆游对荠菜的迷恋程度；在第三首中写道：
"小著盐醯助滋味，微加姜桂发精神。风炉歊钵穷家活，妙诀何曾肯授
人。"简简单单的一碗荠菜配佐料，陆游吃起来也是趣味盎然。郑板桥
不仅是书画家，还是一位诗人。郑板桥在《题画诗》中写道："三春荠
菜饶有味，九熟樱桃最有名。清兴不辜诸酒伴，令人忘却异乡情。"郑
板桥对荠菜的钟爱亦是溢于言表。

　　拥抱着大地的荠菜，从《诗经》中一路走来，数不胜数的文人雅士
纷纷为它吟诗作赋，把人世间的酸甜苦辣熬制在荠菜的滋味里。"人间
有味是清欢"，有荠菜作陪，有诗为伴，生活更有味，世间更美好！

（发表于 2023 年 4 月 9 日的《临沂日报》）

一面之师

"吾不能变心以从俗兮，固将愁苦而终穷。"本人以为，把屈原《涉江》里的这句话送给朱老师再恰当不过了，这可谓朱多锦老师一生的真实写照。

2013 年 1 月 30 日晚上，当看到全国著名诗人、《山东文学》杂志资深编辑朱多锦老师已于当天下午 2 点病逝的消息，我简直不敢相信这是真的。因为在此之前没几天，他还在新浪博客里回复了我的留言。我虽然跟朱老师有一面之缘，但还是被他伟大的人格魅力和敬业精神所折服。

2011 年 12 月，我在山东青年文学院参加了由山东省青年作家协会主办的"山东青年作家高级研讨班"，在那里，我有幸见到了让我仰慕已久的朱多锦老师。朱老师个头不高，鼻梁上架着一副眼镜，那时的他已六十六岁高龄，但身板硬朗、精神矍铄。到了他这个年纪，按理说应是闲赋在家、含饴弄孙、颐养天年的时候，可他却还工作在一线，继续为《山东文学》杂志做诗歌责任编辑，为作者做嫁衣，真是令人钦佩！

在班上，他亲自为我们授课。他结合自己的诗歌创作实践，从总结提升诗歌的本质和规律入手，按照中国现代诗歌的分期提出了诗歌的四个美感张力场模式。他讲得非常生动、具体、形象，有理论，有实例，对诗歌写作具有很高的指导意义。我聚精会神地聆听，生怕漏了哪一句，时间在不知不觉中就过去了。他的课让我对诗歌的创作有醍醐灌顶之感，我真是没听够啊！

那时，他还讲了一个小插曲。他说："我是齐河县人，在震惊全国的'段义和案'中，拔出萝卜带出泥，牵扯出原齐河县县委书记李凤臣，被判无期徒刑。李凤臣写了很多诗，有一年曾出了七本书。在全国各大著名诗刊，几乎都有他的大名。作为同乡，他也多次找过我，让我在《山东文学》上发诗，我没同意。当时我也感到有很大压力，他毕竟是我县的父母官。但我不能这样做，因为他写的不能叫诗。如果他写的这些叫诗的话，那么谁都会写诗，谁都能发表。说实话，我作为诗歌编辑，如果睁只眼闭只眼，给他发一首是很容易的，但我得对得起自己的职业、良心和读者。你们看在《山东文学》诗歌栏目上写着的'责任编辑：朱多锦'，我如果发表了，那就是不负责任，是失职，别人会骂我的。你们可以翻翻《山东文学》，在诗歌作者中，是找不到李凤臣这个名字的。有人说，你知道李凤臣将来会犯事，才不给他发的。但我不是神仙，哪有这个本事，我只是为《山东文学》坚持原则罢了。"

听到这里，全场响起了雷鸣般的掌声，朱老师真是太有责任心，太有正义感了。

从那以后，新浪博客就成了我与朱多锦老师交流的阵地。他经常给我发纸条或写留言，对我写的文字进行评点，对好的方面给予肯定，对不足的方面给予耐心指导。

"吾不能变心以从俗兮，固将愁苦而终穷。"本人以为，把屈原《涉江》里的这句话送给朱老师再恰当不过了，这可谓朱老师一生的真实写照。

我蹲在眷念岁月的河面上，掬起一个甜蜜的梦，在这梦里荡漾的满是朱多锦老师的音容笑貌。朱多锦老师虽然离开我们已四年多了，但是他将永远活在我心中！

（发表于 2015 年 9 月 14 日的《劳动午报》）

像驴一样生活

人到了不惑之年，一般上有老，下有小，是家里的顶梁柱，责任重大，事业也到了关键期，处在攻坚克难的阶段，这就要求我们必须像驴一样埋头苦干。

在我们这个地方有个说法，人们到了四十一虚岁，无论实际上是什么属相，都会自称"属驴"。我已到了不惑之年，越来越觉得"四十一岁属驴"这种说法很有道理。

驴是勤劳的、敬业的，它推磨、拉犁、驮货，样样都行，干起活来不知疲倦，只是默默奉献。到了不惑之年，一般上有老，下有小，是家里的顶梁柱，责任重大，事业也到了关键期，处在攻坚克难的阶段，这就要求我们必须像驴一样埋头苦干。

困难像弹簧，你弱它就强，你强它就弱。在困难面前，我们必须像驴一样要有坚韧不拔的意志，想方设法地去克服。我曾看过这样一则小故事：有一头驴，掉到了一口很深很深的枯井里。主人想了很多办法也没能把这头驴救出来，最后，主人权衡了一下就放弃了。自那以后，还有人往枯井里倒垃圾，驴很生气，心想："自己真倒霉，掉到了枯井里，主人不要自己了，就连死也不让自己死得舒服点，每天还有那么多垃圾扔在自己旁边。"有一天，它的思维发生了转变，它决定改变它的"人生"态度。从那以后，它每天都把垃圾踩到自己的脚下，而不是被垃圾所淹没，并从垃圾中找些残羹来维持自己的体能。终于有一天，垃圾成为它的垫脚石，使它重新回到了地面上。

而我也愿做这样一头能忍辱负重、迎难而上的驴。在人生的旅途中，我们会遇到这样那样的困难。这些困难就像一块块绊脚石，如果利用好了，也会变成垫脚石、跳板，从而走出困境，走向成功。

我越来越觉得自己就像一头驴在生活。那时，单位改制后，我下岗了，在生活上开始捉襟见肘。为了生计，我前前后后干过民办学校的教师，办过学屋，干过个体。虽然日子过得非常辛苦，但是感到非常充实。在日常生活中，孩子上学，赡养老人，偿还房贷……都需要钱，所以勤奋是必须的。有压力就会有动力，这样干也不错哟！

我喜欢文学，爱好写作。闲暇之余，有时会拾起书本看看书，有时会拿起笔杆写写东西，有时会在电脑上打打字。有耕耘就有收获，时不时在一些报刊便会出现我的"大名"。《读者》《山东文学》《当代小说》《芳草》《北方作家》《人民日报》《新华每日电讯》《解放日报》《湖南日报》《宁夏日报》《北京青年报》《齐鲁晚报》等近百家报刊杂志我都"露过脸"。我的很多文章被选入各种选本，有的被用做中学语文阅读教材和作文素材，还有的被用做初中语文试题。我还参加了一些征文活动，获得过国家级、省级和市级的奖项。条件允许的话，我还打算出几本书呢。我也算作一头精神富有的驴喽！

可以说，工作是我的物质支撑，写作是我的精神支柱，就像两架驴车并驾齐驱，带我奔向美好前程。目前，我的家里老人健康、妻子贤惠、孩子上进，虽然我像驴一样辛苦地生活，但是感到非常开心快乐。

（发表于《山东青年作家》2014 年第 2 期）

馍馍之梦

三爷爷一家人已经全都转成城镇户口，举家搬到市里居住了，真正能"顿顿吃上馍馍"了。村民更是羡慕不已，也鼓励孩子们要为实现"顿顿吃上馍馍"的梦想而努力奋斗。

我出生在沂蒙山区腹地的一个小山村。在我小的时候，物质非常匮乏，能填饱肚子就不错了。那时，当地老百姓的主食是地瓜干、煎饼和渣豆腐，如果能吃上一顿馍馍便能兴奋上好几天。

在我们这里管馒头叫馍馍。一般情况下，在逢年过节、家里来了客人或婚丧嫁娶时才能吃上馍馍。能"顿顿吃上馍馍"就成了当地人最美的梦。在人们的心里，能顿顿吃上馍馍那是神仙才能过上的生活，平头百姓哪能摊上这样的好事？"顿顿吃馍馍"，可谓人人向往之！

我们这里以山地为主，适宜种植地瓜，很少种植小麦，所以在当时能吃上馍馍就成了一种奢侈的事情。有一年大旱，种植的小麦几乎绝产，生产队分给每人七两小麦。上了年纪的人都把这事当呱啦了，年轻人听了说这简直不可思议，都不以为然。有人要问："不会花钱买馍馍吗？"那是年轻人不了解当时人们的生活状况，当然也就不能责怪他们了。

在那缺衣少食、供需矛盾十分突出的年代，为缓解物品产需、供销矛盾，购买物品是需要票证的。票证通常分为"吃、穿、用"三大类，有粮票、油票、布票、蔬菜票、大米票、煤油票、自行车票、缝纫机票、手表票……可谓五花八门、名目繁多。要买馍馍或面粉得需要粮票。普通老百姓一般是没有粮票的，只有"吃国库粮的"才有。即使手头有粮票，要买馍馍也得步行到几十里路的县城，还必须到国营饭店去买。那时县城里的国营饭店也只有两家。当然购买蒸馍馍的面粉也只能凭粮票到县城公家的粮店去。

当时我们村有一个在市里上班的，是单位的"一把手"，他是我的本家，按辈分叫他三爷爷。有一次，他坐着吉普车回家来。在村民的眼里，吉普车可是稀罕物，绝大多数人都未见过，被他们称之谓"小卧车"。三爷爷一下车，不少人就立马围上来。三爷爷也是红光满面，风光无限，和大家热情地打着招呼。大家都奔走相告，喊着："咱村来小卧车啦！咱村来小卧车啦！"不一会儿，就把吉普车围得水泄不通。大家都投去羡慕的目光，把吉普车仔仔细细打量一番。我们这帮孩子更是兴奋不已，充满好奇，连车上散发的汽油味都感到特别好闻。

三爷爷家里有粮票，所以一家人经常吃馍馍，当然就成为村里人羡慕的对象。不少人都说，要像他家那样能经常吃上馍馍该多好呀！在当时，要实现这一目标，就必须吃上"国库粮"。要想吃上"国库粮"，在农村有两种途径可以实现——当兵或考学。在部队里，如果好好干，就有提干或转成志愿兵的机会，复员后可以转业到地方上班；如果好好学习，考上了中专或大学，毕业后就能分配到单位工作。所以大人经常嘱咐孩子："如果想顿顿吃上馍馍，就好好学习。"如果孩子没有考上学，也有不少家长鼓励孩子去当兵的。后来，三爷爷一家人已经全都转成城镇户口，举家搬到市里居住了，真正能"顿顿吃上馍馍"了。村民更是羡慕不已，也鼓励孩子们要为实现"顿顿吃上馍馍"的梦想而努力奋斗。

有一年，生产队摘下许多梨，就安排父亲和几个社员去市里售卖。去市里有一百多里的路程，天还没大亮，父亲他们每人推着一独轮车梨子就出发了。三爷爷待人热情，很有人缘，在村里享有很高的威望。等在市里卖完了梨子，父亲他们就找到了他。三爷爷把他们领到单位伙房，让炊事员炒了几个菜，抬了一大筐子馍馍，放在桌子上，接着笑容可掬地说："你们都饿了吧？不要拘束，放开量吃就是了，管饱！"父亲他们早已饥肠辘辘，就狼吞虎咽地吃起来。他们都大快朵颐，就着菜肴，每人一连吃了好几个大馍馍，很快就撑肠拄腹了。寒暄了一会儿，临别时三爷爷又给每人两个馍馍，说："你们一百多里路要步行，得好几个小时才能走到家。如果半路上饿了，可以垫垫肚子。"父亲他们在路上哪舍得吃，都留给家人分着吃了。后来，父亲经常津津乐道提起这事，并一再叮嘱我们："在学习上一定要努力努力再努力，力争考上大学，这样就能'顿顿吃上馍馍'了。"

二十世纪八十年代初期，国家推行家庭联产承包责任制，分田到户，大大提高了农民的积极性。当地老百姓种植小麦的面积扩大了很多，亩产量也增加了许多，一个月内能吃上几顿馍馍了。再后来，不少村民出外打工，收入大大增加。随之，个体经济繁荣起来，国家取消了粮票，购买馍馍也极其方便了。一年到头，老百姓也能经常吃上馍馍了，离"顿顿吃上馍馍"的目标迈进了一大步。

到二十世纪九十年代初期，我考上了大学，基本实现了"顿顿吃上馍馍"的梦想。而国家的经济发展也驶入了"快车道"，老百姓的生活水平日益提高，人民生活日新月异。进入了二十一世纪，地瓜干煎饼基本没人烙了，当地人都能顿顿吃上馍馍了，历史翻开了崭新的一页。

怀揣梦想，不忘初心，踔厉奋发，撸起袖子加油干，迎接我们的将是更加美好的未来。

（发表于 2023 年 8 月 13 日的《临沂日报》，原标题《往事悠悠》）

第六辑

美丽家园

故乡的老槐树

它已经历了四百多年的风风雨雨，见证了村子的发展和变化，可谓村里的"活化石"。老槐树给童年的我带来了许多欢乐和笑声，我非常怀念它，但更怀念的是故乡和故乡的人们。

我的故乡有棵老槐树，走出老家门口，蜿蜒南行几十步，便来到了它的跟前。小时候，我常常在树下玩耍。

这是一位饱经沧桑的"老寿星"。树上挂满了枯枝，但它每年都能抽出新的枝条；树干看似已伤痕累累，并且已经空心，但它还能给树不断地输送着营养，让整棵树充满生机和活力。

听爷爷讲，我们的祖上住在江苏南部，在明朝万历年间，因为发生了灾荒，举家北上，来此建村定居，那时便有了这棵树。它已经历了四百多年的风风雨雨，见证了村子的发展和变化，可谓村里的"活化石"。

槐树开花了，微风吹来，便闻到了缕缕淡淡的清香。一位大伯养了几窝家蜂。这可是蜜蜂最忙碌的时候，一串串淡黄色的槐花上伏满了这些可爱的小精灵。割蜜的时候，大伯就会给左邻右舍送上一点儿。槐花蜜算得上蜂蜜的上品，我们喝到嘴里，能一直甜到心里。现在回想起来，我还直往肚里咽口水哩！

槐树结荚了，像一串串的翡翠，水灵灵的，煞是惹人喜爱！这时，有几个胆大的脱掉鞋子，抱着树干，三下五除二，噌噌噌就爬上了树。他们摘下槐荚，掷在地上，下面的同伴把它们捡起，聚拢在一块儿。最后把这些槐荚被平均分配，每人一份。我们把槐荚放在石板上，每人手持一块石头，把其砸烂成泥。找来一截约两公分长的小细棍，拴上一根细绳。因为槐荚泥黏性很强，我们把小细棍塞到里面，把槐荚泥抟成球形，有乒乓球大小，当玩具耍。我们把绳头攥在手里不停地甩动，转动的槐荚团就会划出美丽的弧线，急似流星，所以当地人把这种玩具叫"流星"。在那物质比较匮乏的年代，我们也会把其玩得不亦乐乎！

老槐树长得枝繁叶茂，像是在空中撑起了一把巨伞。树下陈设着几张石桌和石凳，正是歇晌的好去处。吃过午饭，陆陆续续来了好多人，这里立马变得热闹起来。老人拉起了家常，妇女纳起了鞋底，年青人打起了扑克，我们这帮孩子则围着老槐树，嘻嘻哈哈地疯转起来。

这时，一位重要人物出场了，我叫他四爷爷。他走过南，闯过北，见多识广，在我村里威望很高。青年时代他去过东北，并且参加了抗日联军。因为他在部队里干过副排长，所以有人给他起了个绰号，美其名曰"排副"。他是村里有名的"故事篓子"，平时看他沉默寡言，但一讲起故事来，就会滔滔不绝，所以我们孩子都愿缠着他让他给我们讲故事听。四爷爷的手里经常端着一把小而精致的紫砂壶，讲得口干的时候，他就会对着壶嘴呷上几口茶。四爷爷会把故事中的人物讲得栩栩如生、惟妙惟肖，所以我们听故事时总爱托着腮帮，全神贯注地听，生怕漏了哪一句。他故事中的人物，有叱咤风云的哪吒、足智多谋的诸葛亮、替父从军的花木兰、抗金英雄岳飞、抗日名将杨靖宇、视死如归的江姐等。讲到高潮处，四爷爷常会说上一句"要知后事如何，且听下回分解"。这时，他便站起身来，捋一捋长长的胡须，捧起他的宝贝茶壶就走。我们正听得入迷，怎愿放他走，就连拉带拽不让他走。他板起了脸，一本正经地说："我还有事，明天再讲。"我们只好作罢。

不知啥时候，窜来了一窝马蜂，在槐树洞里筑起了巢。马蜂经常在树的周围嗡嗡地飞来飞去，很是吓人，大人小孩都不敢来了。小叔长我几岁，是我们孩子的头儿。他跟我们商量道："四大爷讲，孙刘联军在赤壁大胜曹军，用的是火攻。不妨我们也来个火攻，把马蜂消灭掉。"于是，他扛来一根长木杆，在稍上用铁丝绑了一捆柴草，浇上煤油。他又找来一件深蓝色的衣服顶在头上。他吩咐我们要隐蔽好，然后用火柴点燃柴草。柴草熊熊燃烧起来。小叔举着杆子，直捣"黄龙府"。这一下，马蜂窝可就炸了营，活着的马蜂就像无头的苍蝇到处乱飞，烧死的马蜂簌簌直往下落。最后剩下的"残兵败将"哼哼了几天，不知遁到哪里去了。后来，沉寂多日的树底又热闹起来。

冬天来了，降了一场大雪。我们在槐树底下扫出一片空地，找来一截短木棍，在中间拴上一根长绳索，把筛子支起来，下面撒上一些麦粒子，做起了捉麻雀的游戏。最后，麻雀没捕到几只，哈哈，却逮到了一只"大鸟"。原来，二奶奶的一只贪吃的老母鸡钻进了筛子的下面，我们把绳一拉，便罩住了。我们揭开筛子，把鸡掏出来，笑着闹着把玩一番。老母鸡扑棱着翅膀，挣扎着，弄得鸡毛满天飞。可能是听到了鸡的凄惨的叫声，二奶奶突然出现在我们面前，对着我们就是一顿臭骂："你们这些淘气包，没点人心肠子。这鸡可是俺家的摇钱树，指望它给俺下蛋换油换盐吃哩！如果把它治坏了，俺跟你们没完。"我们连忙把鸡放掉，撒开脚丫子就跑。

老槐树给童年的我带来了许多欢乐和笑声，我非常怀念它，但更怀念的是故乡和故乡的人们。

（发表于 2017 年 8 月 16 日的《阳光报》，原标题《一树乡愁》）

　　我不禁唱起了一首歌："有一个美丽的传说，精美的石头会唱歌……"每一块奇石就是一首歌、一首诗、一幅画、一个故事，赏心悦目，引人入胜，让人充满无限的遐思。

　　费县地处山东省沂蒙山区，北倚气魄雄伟的蒙山，这里山多、岭多、石头多、石怪、石奇、石美是费县石头的突出特点。费县石头种类繁多，有三十多个石种，其中费县石、金星石、燕子石、天景石"四大名石"驰名中外，尤以费县石最为出名，被专家誉为"世纪之交中国发现的最伟大的自然奇迹"。费县奇石资源丰富，石文化特色鲜明。费县被誉为"中国奇石之乡""全国石文化先进县"，当属实至名归。为了保护和利用奇石资源、弘扬和传承石文化、发展和壮大旅游产业，费县规划建设了"中华奇石城"。

　　中华奇石城位于费县城的西北角，里面展出的奇石多为费县石。一个周末，碧空万里，我们驱车前往，终于可以一睹它美丽的风采。

我们顺势而上，走进了石头的海洋，和这些奇石进行了"亲密接触"。我们移步换景，仔细观瞧，有的像巨龙腾飞、有的像凤凰涅槃、有的像金鸡报晓、有的像雄狮啸天、有的像猛虎下山、有的像大鹏展翅、有的像晨牛躬耕、有的象仙女下凡、有的像孝子背母、有的像驼背老人、有的像千年神龟、有的像双峰骆驼……千姿百态，神态各异，形象生动，惟妙惟肖，栩栩如生，优美别致，活泼逗人，气象万千，意蕴恢宏，神形兼备，出神入化，气势磅礴，精妙绝伦，独树一帜，令人称奇。这些奇石既有整体的气势美，也有各自的个体美。它们汲天地之精华，沐惠雨之润泽，浑然天成，玲珑奇巧，嶙峋扭曲，集"瘦、漏、透、皱、丑"于一体，堪称天下一绝。

有一块被称为"中华巨龙"的奇石，我的目光更是被它深深地吸引。它重达几十吨，形状极像中华民族的图腾"龙"。只见它昂首引颈，张喙祈福，翘尾摇瑞，节肢分明，筋脉贲张，体态矫健，雄赳赳，气昂昂，活灵活现，呈腾飞之势，真可谓珍石中之极品，令人叹为观止。

相传，乾隆皇帝曾多次微服私访到费县，曾看到很多造型奇特的费县石，惊曰"太湖石"，身后随从急忙解释说这是费县石。当时，乾隆皇帝对费县石宠爱有加，专门挑选了一些造型别致的费县石摆放在万松山行宫（当时沂州知府李希贤在费县万松山上专门为乾隆皇帝修建的行宫）里，并即兴赋诗赞美："突兀玲珑各斗奇，高低位置雅相宜。尽心用此勤民务，吾不忧无贤有司。"

这四句诗前两句是对这些奇石的赞美，后两句的意思就是摆放这些奇石费尽了心思，如果有这样的精神为老百姓办事的话，我就不担忧没有德才兼备的官吏了。见多识广的乾隆皇帝肯专门为费县石赋诗一首，也足以说明费县石自有它的独到之处。

我不禁唱起了一首歌："有一个美丽的传说，精美的石头会唱歌……"每一块奇石就是一首歌、一首诗、一幅画、一个故事，赏心悦目，引人入胜，让人充满无限的遐思。

除了奇石这一大主题外，其他景物点缀其间，把奇石映衬得更加绚丽多彩、熠熠生辉。草坪如茵，松柏叠翠；百花斗艳，柳丝扶栏；小桥流水，曲径通幽；飞瀑溅玉，石谷传音；湖光潋滟，碧波荡漾；亭榭倒映，小舟轻泛。身历其境，犹入仙界，如在画中。

离开了城市的喧嚣，离开了工作的劳顿，离开了世间的纷争，涤荡了心灵的浮躁，心情像天空中的小鸟一样逍遥自在、自由翱翔，别有一番情趣。

夕阳西下，暮色四合，该回去了，可醉人的景色让我们心旷神怡，流连忘返。

（发表于 2016 年 10 月 6 日的日本《阳光导报》）

野灵芝情缘

　　故乡的野灵芝已在我心中扎根，变成美丽的乡愁，常常在记忆的晾台上晒出。

　　我的故乡处在山东省沂蒙山区腹地，位于费县南部，离县城十余公里，属于典型的石灰岩山区。令人称奇的是，这里曾多次发现野生灵芝。

　　在我小的时候，爷爷就跟我们讲过白娘子盗灵芝的故事。说的是法海和尚使坏，对许仙说，他的娘子是白蛇变的，让他在端午节上，想法让他娘子喝下雄黄酒，这样她就会变回原形。许仙照办，白娘子果真变成一条蛇，也把许仙吓死了。为了救活许仙，白娘子驾着腾云飞到昆仑山，去觅灵芝。在山顶上，她采下一棵灵芝，藏于怀中，正要离去，却被鹤鹿二仙发现，他们打了起来，最后白娘子被打败。恰在此时，南极仙翁来了，出于同情而赠以灵芝。白娘子回家后用灵芝熬下药汁，救活了许仙。这个故事让我对灵芝充满了好奇，就认为死人吃了它便会起死回生。我当时在想，如果有一天，能得到一棵灵芝该多好啊！

后来，我渐渐长大，上小学了。有一次，我近房的两位姐姐到村北的北岭割羊草，在一个陡崖上发现了一株灵芝，于是就采了下来。很快，这消息不胫而走，就在四里八乡传开了。有人说它能治百病，有人说吃了它能长生不老。说来巧合，这两位姐姐的乳名，一个带"灵"字，一个带"芝"字。当时不少人说，正因这两个人的名字，她们才有缘得到这棵灵芝。

有一回，我在大伯家玩耍，有一个人来找大伯。这人说，他老婆得了一种病，治了多年不见好转，想喝点灵芝熬的药汁试试。大伯的堂屋挂着一个镜框，大伯小心翼翼地从镜框的后面取下了那株灵芝。我终于看见灵芝了，它是红棕色的，顶部像把小伞，下部带个长长的柄。大伯拿着小刀，在灵芝的柄部刮下一些屑末，用纸包好，交给那人。那人对大伯千恩万谢，欢天喜地地走了。

上初中了，我在《生物》课本上学到了有关灵芝的一些知识。灵芝又称灵芝草、神芝、芝草、仙草、瑞草，是多孔菌科植物赤芝或紫芝的全株。灵芝具备很高的药用价值，对于增强人体免疫力、调节血糖、控制血压、辅助肿瘤放化疗、保肝护肝、促进睡眠等方面均具有显著疗效。通过所见所学，我觉得灵芝也不似原来所想的那样神秘了。

在一个星期六下午，在县城住校的我回到家，有个发小告诉我，在东岭上，有好几个人共发现了十几棵灵芝。第二天，我和发小跑到东岭，到处寻觅灵芝。功夫不负有心人，在一堵墙脚下，果真找到一棵。这棵灵芝有两个朵儿，不过形体很小。我用镰刀头把它挖出来，带回了学校，被同桌索要去了。作为回赠，同桌给我买了一本学习资料。

前几年，父亲在家东边的一个废旧屋框里发现了一棵巨型灵芝。他拿来镢头，一边刨，一边用手抠，费了一番功夫才把它挖出来。灵芝重一公斤多，可惜的是，在挖掘的过程中，碰伤了好几处。有人要出五千块钱，但父亲没舍得卖。我把它从老家拿到自己的新居，放在客厅的显眼位置，供作观赏。

现在不少地方都有人工培植的灵芝，还有的被制成盆景，中药店里也都有售，不过野生灵芝还是比较稀少的。故乡的野灵芝已在我心中扎根，变成美丽的乡愁，常常在记忆的晾台上晒出。

（发表于 2017 年 5 月 4 日的苏里南《中华日报》）

漫步在阳光的小城，信马由缰，一种自豪感油然而生，身子骨越来越硬朗，心情越来越愉悦，信心越来越充足，我也越来越爱这座透着阳光之气的小城了。

我居住在费县城里。近年来，随着旧城改造大刀阔斧地推进，建设如火如荼地进行，一座现代化的新城正在崛起。这里到处洋溢着阳光的气息，到处充满着阳光的味道，小城真是越来越阳光了。做为小城的主人，受其感染，我觉得自己也特阳光。

太阳从地平线上冉冉升起的时候，小城迎来了第一缕霞光，住在小城里的人们也开始了忙忙碌碌、轰轰烈烈的一天。在阳光的照耀下，整座小城被映衬得五彩斑斓，就像一块巨大的宝石在沂蒙大地上熠熠生辉。在阳光的浸润下，小城在茁壮成长，宛如一位昔日懵懵懂懂、不修边幅的女童渐渐出挑成气质不凡、典雅时尚的阳光少女，又像一位风流倜傥、气宇轩昂的阳光男孩，焕发着青春活力，迸发着蓬勃向上的力量。

透着阳光之气的小城，向世人展示出一幅丰富多彩的精美画卷，作画人当然就是勤劳、善良、勇敢、坚毅、大度、大气的费县人民了。费县人民正用自己的智慧和才干，把小城的自然景观和人文景观巧妙地结合在一起，把小城打造成了园林之城、卫生之城、文明之城。这里天蓝、地绿、水清、石秀、街净、路畅、灯明、墙洁、楼美……俨然一座现代化的宜居之城，让我们这些居民感到无比的骄傲。且这里政通人和、民风淳朴、百姓乐业、邻里融洽、气氛热烈。外在的环境美与内在的精神美融合在一起，奏响了一首和谐文明的变奏曲。

漫步在阳光的小城，接受着阳光的温暖，感受着阳光的温馨，合着阳光的节拍，和时代脉搏一起跳动，把心情交给阳光，让心灵和阳光一起飞翔，人都显得精神阳光，浑身有股使不完的劲儿。

太阳每天都是新的，不断接受阳光洗礼的小城，将会更靓丽、更宜居、更有魅力。在小城的沐浴下，人将会过得更舒心、更幸福、更有品味。

漫步在阳光的小城，信马由缰，一种自豪感油然而生，身子骨越来越硬朗，心情越来越愉悦，信心越来越充足，我也越来越爱这座透着阳光之气的小城了。

"小城故事多，充满喜和乐。若是你到小城来，收获特别多。看似一幅画，听像一首歌。唱一唱，说一说，小城故事真不错……"我情不自禁地唱了起来。

（发表于 2016 年 1 月 14 日的《临沂日报》）

一碗饭的距离

我想都是自家人，没有什么大不了的，只要婆媳之间保持"一碗饭"的距离，相互理解、相互尊重、相互忍让、相互关爱，就会相处得非常和谐。

我的老家是位于沂蒙山腹地费县的一个小村庄，处在县城西南部，离县城大约二十华里。这里山清水秀、民风淳朴，堪称"世外桃源"。

在这里，儿子大了，父母便会选址为儿子盖房子，目的就是让儿子能娶上媳妇，以续香火。盖房选址有个通常的做法，儿子的家离父母的家通常是一碗饭的距离。意思是说，儿媳妇盛上一碗热饭，端到婆婆家不凉为准。这种做法的用意显而易见，就是当父母生病了，或走不动了，做儿子和儿媳的能很方便地照顾他们的饮食起居。

虽然婆婆不是亲妈，和儿媳并没有血缘关系，只是为了一个男人才有了联系。儿媳要有正确的定位、宽容的心态，爱屋及乌，对婆婆要体谅、感恩、孝敬。儿媳应做好自己的本分，千万不能拿亲妈对女儿的标准来要求婆婆，不能过于随便，否则容易陷入众人都觉困扰的婆媳矛盾之中。总之，婆媳之间要保持亲密有间，而不像亲母女那样的亲密无间。这种"间"要保持一定的"度"，过紧过松都不可。过紧两人容易产生矛盾，过松缺乏亲情味。这种"间"要保持得恰到好处，本人以为，"一碗饭"的距离即可。

在我老家对面，住着我一位近房的大娘。在她的前院，住的是她儿子一家。大娘和大嫂她们婆媳之间一直相处得很融洽，我从没见过她们红过一次脸。大爷去世得早，有什么好吃的，大嫂总会想着婆婆。或一碗鸡肉，或一碗羊肉汤，或一盘水饺，或一盘鱼肉，大嫂经常从前院送到后院，让大娘趁热吃下。大娘也以心换心，投桃报李，经常帮助儿媳做些力所能及的事情。到了农忙时节，大娘就会提前做好午饭，拎到田间地头，让大哥一家一顿好吃好喝。这样既节省了时间，又保持了体力，他们的干劲更足了！

有一回，父亲从老家打来电话，说住在对门的大娘生病了，正在县城住院治疗，让我抽空去看看，我带了些礼品，急忙赶往医院，敲开了病房的门。

一开门我就看见大嫂左手端着一碗鸡汤，右手拿着汤匙，正一匙一匙地往大娘的嘴里送着。大娘的嘴角不时沾上鸡汁，大嫂连忙拿起纸巾去擦拭。邻床的一位病号对大娘说："你闺女对你真好！"大娘自豪地说：这哪是俺闺女，是俺儿媳。"儿媳这么孝顺你，你真是太有福了"，对方接着说。大嫂却说："孝敬老人是天经地义的事，俺做的这点不值得一提。"

原来，大娘正坐在家里看电视，突然一阵眩晕，便昏厥过去。看到这种情形，大嫂害怕极了，风风火火地窜出家门，找来邻居的一辆三轮车，铺上棉被，小心翼翼地把大娘抬上车，就急冲冲地向医院赶。挂号、交钱、检查，一切都在紧张而有序地进行。结果出来了，大娘是因血压高而引起脑出血。医生说："出血量不大，治疗一段时间，就可出院。"也多亏送来及时，如果一耽搁，出血量一大，就可危及生命。一直到大娘清醒过来，大嫂这才松了一口气。

大哥在外地打工，一时赶不回来，照顾大娘的重担全落到大嫂一个人肩上。大娘对我说："你大嫂对俄忒好了，俄真是烧高香了，摊上了打着灯笼都难找的好儿媳，要不然俄早到阎王殿报到去了。"大嫂接过话茬说："一家人不说两家话，孝敬您是俄的本分，您安心养病就是了。"

有人说"婆媳是冤家"，还有人说"婆媳是天敌"。这些把婆媳关系对立起来的观点显然是不对的。我想都是自家人，没有什么大不了的，只要她们之间保持"一碗饭"的距离，相互理解、相互尊重、相互忍让、相互关爱，就会相处得非常和谐。聪明的女人参透了这道"禅"，家庭必然是幸福美满的。

（发表于 2024 年 1 月 28 日的《临沂日报》）

一座城·一个人·一盏灯

大妈离开后，还不时地回头望望。大妈走向了马路，在路灯的光亮里，她的步伐是多么轻快而从容！在路灯的映照下，这座小城也显得格外美丽了！

夜幕徐徐降临，夜色渐渐笼罩了这座小城。一排排昂首挺胸的路灯宛如一朵朵莲花次第绽放，照亮了前行的路。

已到深秋，天气料峭。一个蓬头垢面、衣衫褴褛的中年男子，背着一条鼓鼓囊囊的蛇皮袋子，正在大街上走着。他的衣服非常单薄，冻得瑟瑟发抖，看起来精神极不正常。

这时，四个十一二岁的少年正经过这里，其中一人说："咱们就要耍这个疯子吧。"其他少年纷纷附和。他们从路边捡起许多小石块，掷向了那个疯子。他连忙抬手抱头，缩起脖子，一副恐惧的样子。

附近小区的一位大妈跑了过来，厉声对少年们嚷道："你们想干什么？打伤了人怎么办？"

四个少年异口同声地说："他是疯子。"

大妈生气地说："疯子也是人。"

他们又说："你不要多管闲事。"

大妈义正言辞地说："他精神不正常、不懂事，你们应该懂事吧？"

他们闻言便收了手，嘻嘻哈哈地继续往前走。

不料，其中的一个突然转过头来，把手里攥着的一块小石头扔了过来，正好落在疯子的头上，他头上顿时就流血了。

大妈见状，大怒道："你这孩子，真可恶，把他的头都打破了，快领着他包扎去。"

那少年一看闯祸了，立马拔腿就跑，到了前面的一个巷口，便拐了进去，一下子就不见了踪影。

大妈从兜里掏出一团卫生纸，展开捂在疯子的受伤处，拉着他来到一家诊所，医生给他包扎好，自然是大妈付了钱。

他们一同从诊所里出来，路灯发出的光芒柔和地撒在他们身上。大妈身材不高，在路灯的照射下，影子被拉得越来越长，大妈也显得越来越高大了！

疯子看见前面有一个垃圾箱，便跑过去看了看，用黑黢黢的手从里面捏起半个脏兮兮的馒头，放到嘴里就啃。

大妈跑上去，一把夺过那半个馒头，又扔进了垃圾箱。她对疯子说："孩子，我去给你买东西吃。"说完，便走到一家超市，买来两包方便面，塞给他。

大妈又拽着他来到小区，在一座楼下面，她说："孩子，你等一等，我上趟楼马上就回来。"

不一会儿，大妈下来了，一手端着一个不锈钢的快餐杯，里面盛着上半缸热开水，一手拎着一个食品袋，里面装着几根火腿肠和几个馒头，肩上搭着一件七成新的羽绒服，可是那疯子却不见了。

她在小区里找了一遭也没找到，便来到门口。有人告诉她，那人出了小区向东走去了。她又一溜小跑向东奔去。

她走了一百多米，看到路旁的一片空地上铺着几条蛇皮袋子，疯子正躺在上面。她上前拉起他，给他穿上羽绒服，关切地说："傻孩子，天这么冷，躺在地上会冻坏的。"

大妈把快餐杯和食品袋交给他，又卷起地上的蛇皮袋子，拉着他走进一个胡同，来到一个无人居住的小屋子。她又来到一座麦穰垛前，撕下许多许多麦穰，铺在屋子的一个角落里，然后说："孩子，今晚你就住在这里吧，不要到处跑了。"

大妈离开后，还不时地回头望望。大妈走向了马路，在路灯的光亮里，她的步伐是多么轻快而从容！在路灯的映照下，这座小城也显得格外美丽了！

默默无闻的路灯继续照耀着夜晚的路面，有多少前行的人却熟视无睹，但是人们永远需要它的帮助。

每一盏与世无争的路灯长明在黑夜里，汇成光明的海洋，照亮了整座小城，温暖着每一个人……

（发表于 2016 年 10 月 22 日的加拿大《华侨时报》）

这些可口的饭菜，都带着浓浓的烟火气，是谁也离不开的生活本真，温暖了我们的胃，也温暖了我们的心，让每个平凡的日子都变得鲜活与丰盈，感觉生活是那么的充实与美好。

一个周末，我们一家三口驱车来到乡下的老家，我们这里已实现了"村村通"，柏油路早已修到了老家门口。一下车，呼吸到新鲜的空气，就像口中噙着一颗自己最爱吃的牛奶糖，心里感到甜丝丝的。定眼望天，天空瓦蓝瓦蓝，飘着几朵就像棉花糖一般的云儿。

父母早在大门外等我们了。他们看到我们，两人的脸上都笑成了一朵花。大门口两旁分别矗立着一株挺拔的香椿树，犹如两个威武的哨兵正为父母守门护院。一架绿油油的丝瓜藤爬满大半个墙面，宛如一幅恢宏的泼墨山水画，藤上绽放着许许多多的黄花，吸引来几只蜜蜂钻入花蕊里，忙着采集花蜜。

迈进门槛，映入眼帘的是一片菜园，就像在大半个院子里铺了一层绿地毯，蔬菜长势正旺，生机盎然，菜叶上还沾有晶莹的露珠，把蔬菜映衬得更加青翠可人。父亲是个闲不住的人，这些都是他的"杰作"。

我们拉着家常，笑声撒满了整个院子。太阳公公露着一张红通通的笑脸，把整洁的院子映照得熠熠生辉，一切显得都是那么静谧与祥和。

三面院墙是用石头砌成的，很像古代的城墙，显得非常古朴雅致。北面坐落着四间大平房，看起来很是开阔、大气。

父亲说道："我认为以前住的草房就挺好，虽然矮点、窄点，但是住在里面冬暖夏凉，挺舒服的。要不是你们极力要求与赞助，我才不打算盖这四间平房。现在你们又给我们添了冰箱、大彩电、空调，这都是挺烧钱的，我们以前过惯了苦日子，现在心里还真有些不落忍。"

我接着说："爸爸，现在国家已取消了农业税，你们种粮有补助，看病有医保，每月还领养老金，您还担心什么？"

父亲又说："这真得感谢党和政府的好政策。我们过去凭着种几亩地把你们兄妹二人都供成了大学生，毕业后你们都在城里找到了体面的工作，并且你们对我们都非常孝顺，所以我非常自豪！"

时间过得真快，该准备午饭了。父亲拿起一把镰刀，割了一捆韭菜交给母亲，母亲和妻子一起择起来。儿子则小心翼翼地拔起蒜薹，因为用力过猛就会拔断。拔蒜薹时，会发出"滴"的一声脆响，很是有趣。我和父亲联手在院子里抓了一只又肥又大的老公鸡。

在厨房里，母亲和妻子叮叮当当地忙碌起来，剁鸡、切菜……像是演奏一段和谐的乐曲。

妻子给母亲买了一台煤气灶，就放置在厨房里，一般应急或在下雨天时用，而平时就用院子里的那口土灶。母亲认为，野外到处都能捡到柴禾，不烧可惜了，还有一点，就是他们总觉得用柴禾做出来的饭菜更具香味。

妻子坐在土灶前，点火添柴，拉起风箱，风箱发出有节奏的声响，妻子说她仿佛又回到了快乐的童年时代。灶膛里不停地吐出火舌，映红了妻子白皙的面庞，让妻子看起来又年轻了许多。母亲在厨房与土灶之间来回穿梭，端食材、放油、倒菜、添水、翻铲……虽然母亲年纪大了，但是动作还是很利落的。

炊烟袅袅上升，和白云遥相互映、相映成趣，带着馥郁的烟火味，绵延悠长，氤氲着我的心灵。炊烟是落地的、有根的，是一条爱的纽带，维系着人们的爱情、亲情与友情，诠释着人生的意义，让我们明白人不光需要享受与索取，还得必须感恩与奉献。

饭菜被端上桌，可丰盛了，有草鸡炖山蘑菇（山蘑菇是父亲从山上采来的）、红烧鲫鱼（鲫鱼是妹夫前几天从村里的水库里钓来的）、韭菜煎鸡蛋、香椿拌豆腐……这些菜肴都散发出诱人的香气，引得我们垂涎欲滴。大家一下子围向了圆桌，成了一个同心圆，显得和谐温馨、其乐融融。我和父亲喝起了白酒，母亲和妻子喝起了红酒，儿子喝起了饮料。儿子端着饮料，站起来说："祝爷爷、奶奶健康长寿，祝妈妈年轻漂亮，祝爸爸事业有成，也祝我自己学习进步，干杯！"大家闻言都捧腹大笑起来，笑声仿佛能冲破房顶。这些都是我爱吃的菜，让我胃口大开，大快朵颐，吃得满口生香、酣畅淋漓。

这桌上的饭菜所用的食材大都是父母一镢头一镢头刨出来的，吃起来十分美味。在那一烟一火中，经过母亲勤劳而又灵巧的双手，奏响了一曲锅碗瓢盆交响乐，把那一饭一菜烹制得色、香、味俱全。每日三餐，这些可口的饭菜，都带着浓浓的烟火气，是谁也离不开的生活本真，温暖了我们的胃，也温暖了我们的心，让每个平凡的日子都变得鲜活与丰盈，感觉生活是那么的充实与美好。

人间烟火味长住在光阴里，是家的味道，是亲情的味道，也是幸福的味道。如果没有人间烟火味，我们就无法生存，更谈不上什么理想、事业与人生，长情最是人间烟火味。

（发表于 2015 年 4 月 13 日的印尼《国际日报》

　　我仿佛觉得，母亲不是在割麦，而是在作诗：镰刀是那枝笔，麦田是那张稿纸，排列有序的麦捆是母亲写下的动人诗行。蔚蓝的天空下，金色的麦田里，辛勤的母亲在劳作，形成天地人和谐的统一。

　　汽车行驶在回乡的路上，透过车窗我发现路边的麦子已经开始泛黄。微风拂来，麦浪翻滚，整个麦田仿佛都跳起舞来。我的思绪随着金色的麦浪一起一伏，汹涌澎湃。辛劳的母亲正从我的记忆深处向我走来，我的眼睛瞬间被热泪打湿，变得模糊起来。思念需要穿越多厚的土壤，才能感知母亲的心跳。此时此刻，我似乎觉得母亲就像一棵质朴而优雅的麦子，在仔细地端详着我。

　　记得那时，父亲常年在外打工，虽然体弱多病，但母亲还是以惊人的毅力承担着几乎全部的家务活和农活。从早到晚，从春到冬，母亲忙完地里忙家里，总有做不完的活儿，却从来没有一句怨言。岁月的年轮悄无声息地在她的额头碾压，过早地剥去了母亲的青春容颜，细密的鱼尾纹不知不觉爬上了她的眼角。

"勿过急，勿过迟，秋分种麦正适宜。"新翻的麦田散发着泥土的幽香。母亲挥舞着镢头，搜出一道沟，把麦种均匀地撒在地上，也把希望种在了心里。母亲弯腰的姿势犹如一张拉满弦的弓，镢头就是一支箭，正射向丰收的靶心。母亲从河里打满两桶水，用羸弱的肩膀挑着，却能健步如飞。母亲把水轻柔地倒入沟里，干渴的麦种快乐地吮吸着，个个都睁大了眼睛，向母亲致意。种完麦，浇完水，母亲又开始搂地，耙子在母亲的手中轻快地舞蹈，驾轻就熟地便把麦田荡得平平整整。母亲来不及欣赏自己的"杰作"，连忙收拾好家什，就急匆匆地往家里赶。

只需一周左右，麦子便都争先恐后地探出了"小脑袋"，嫩黄嫩黄的，看起来有些弱不禁风。渐渐地，麦苗变成了嫩绿色，又向着翠绿过渡，呈现出生机勃勃的景象。看着茁壮成长的麦苗，就像欣赏着自己养育的孩子，母亲心里乐开了花。

北风怒吼，麦苗被吹得东倒西歪、凌乱不堪，一个个都打着蔫儿，显得萎靡不振。看到这一切，母亲的心一下子揪了起来，她愁眉紧锁，喃喃自语："俺的小苗苗，你们一定要坚强，挺过这一关哟！"不过，庆幸的是，不久就下了一场鹅毛大雪，给羸弱的麦苗盖上了一层厚厚的"棉被"。母亲欣喜若狂，双手合十，心中默念道："苍天保佑，俺的麦子有救了，来年可以枕着馍馍睡了！"

春回大地，麦苗开始返青，恢复生长。起身、孕穗、抽穗、扬花、灌浆……麦子一步步走向成熟。在这些生长阶段，母亲从不敢马虎，不敢懈怠，做得一丝不苟。除草、松土、施肥、喷药、治虫、浇水等，母亲都能按部就班、有条不紊、轻车熟路、得心应手。民以食为天，母亲把希望和寄托交付给了麦子，以耐心、汗水、虔敬守候在田地里，一天天地期盼硕果累累的来临。

芒种期间，麦子便成熟了，麦田的上空弥漫着麦子的清香。俗话说："麦熟一晌午。"收割麦子的时间不能等，母亲心急火燎地赶来了。母亲手里的镰刀宛如一弯新月，闪着俏丽的锋芒，而母亲挥动镰刀的姿势很是优雅豪迈。只见她一手抢着镰刀，一手揽着麦子，锋利的镰刀紧贴着地皮，划出一道又一道优美的弧线。刀光剑影，蹭蹭蹭，麦子纷纷倒下。母亲随后抽出几根麦子拧成要子，摆在地上，掐起麦子放在上面打成捆，立在田里。随着时间推移，产生了一捆又一捆，一字排开，出现了一行又一行。我仿佛觉得，母亲不是在割麦，而是在作诗：镰刀是那枝笔，麦田是那张稿纸，排列有序的麦捆是母亲写下的动人诗行。蔚蓝的天空下，金色的麦田里，辛勤的母亲在劳作，形成天地人和谐的统一。好一派如诗如画的田园风光，令人陶醉！

母亲把麦子运到打麦场。打麦场早被母亲用碌碡轧得平坦而结实，在骄阳的照耀下，犹如一面锃亮的大镜子。母亲把晒干的麦子均匀地摊开，把绳索套在肩上，拉动着碌碡开始打场。碌碡在一圈圈转动，发出"吱扭吱扭"的声响，正如北宋张舜民《打麦》诗中所言："打麦打麦，彭彭魄魄，声在山南应山北。"碾压一遍后，母亲用木杈把麦草翻翻，再晾晒碾压。看看颗粒脱得差不多了，母亲用木杈挑起麦草，用扫帚掠去杂物，金灿灿的麦子被堆在一起。

借助风力，母亲开始扬场。扬场可是技术活儿。"会扬的一条线，不会扬的一大片。"母亲扬场一点不输男劳力，她动作娴熟，游刃有余，如行云流水，收、起、挑、扬，一气呵成，像是在创作一篇洋洋洒洒的抒情散文。麦粒和麦糠各得其所，泾渭分明，让人赏心悦目。把扬净的麦粒摊平，接受阳光的充分晾晒。等晒干后就装入袋中，颗粒归仓。一粒粒金黄映照着母亲晒黑的脸庞，母亲抹一把脖间的汗垢，眉宇间笑成了夏天盛放的灿烂花朵。

月亮缺了又圆，麦子黄了又绿。母亲离开我们也已经有十多个春秋了，操劳一生的她变成了一抔土，和家乡的土地合为一体，麦子在上面种了一茬又一茬……岁月深处，一株行走的麦子挺立在我的面前，籽粒饱满、金黄灿烂，那就是我们可敬是的母亲啊！悠悠天地间，我就像一棵小草，接受着阳光和雨露，努力活成花的样子，以此告慰母亲的在天之灵。

（发表于 2015 年 6 月 12 日的美国《新世界时报》）